共和国的历程

国之利器

新中国自行研制第一批武器装备

李 奎 编写

蓝天出版社 吉林出版集团有限责任公司

图书在版编目（CIP）数据

国之利器：新中国自行研制第一批武器装备／李奎编写.
—北京：蓝天出版社，2014. 1（2023.3重印）
（共和国的历程）
ISBN 978-7-5094-1079-0

Ⅰ. ①国… Ⅱ. ①李… Ⅲ. ①革命故事－作品集－中国－当代 Ⅳ.
①I247. 8

中国版本图书馆 CIP 数据核字（2013）第 305422 号

国之利器——新中国自行研制第一批武器装备

编　　写：李　奎
策　　划：金永吉　荆忠峰
责任编辑：祖　航　梅广才
出版发行：蓝天出版社　吉林出版集团有限责任公司
地　　址：北京市复兴路 14 号
邮　　编：100843
电　　话：010—66983715
经　　销：全国新华书店
印　　刷：北京柏玉景印刷制品有限公司
开　　本：710mm×1000mm　1/16
字　　数：69 千
印　　张：8
版　　次：2014 年 4 月第 1 版
印　　次：2023 年 3 月第 3 次
定　　价：29.80 元

前　　言

　　中华人民共和国自 1949 年 10 月 1 日成立以来，已走过了六十多年的风雨历程。历史是一面镜子，我们可以从多视角、多侧面对其进行解读。然而有一点是可以肯定的，那就是，半个多世纪以来，在中国共产党的领导下，中国的政治、经济、军事、外交、文化、教育、科技、社会、民生等领域，都发生了深刻的变化，中国人民站起来了，中华民族已屹立于世界民族之林。

　　这段时间放到整个历史长河中是短暂的，有如弹指一挥间，但它带给中国的却是极不平凡的。六十多年里神州大地经历了沧桑巨变。从开国大典到 60 年国庆盛典，从经济战线上的三大战役到经济总量居世界前列，从对农业、手工业、资本主义工商业的三大改造到社会主义市场经济体制的基本确立，从宜将剩勇追穷寇到建立了强大的国防军，从废除一切不平等条约到独立自主的和平外交政策，从"双百"方针到体制改革后的文化事业欣欣向荣，从扫除文盲到实施科教兴国战略建设新型国家，从翻身解放到实现小康社会，凡此种种，中国人民在每个领域无不留下发展的足迹，写就不朽的诗篇。

　　六十几年在历史的长河中犹如沧海一粟，但对身处其间的个人却是并非无足轻重的。其间究竟发生了些什么，怎样发生的，过程怎样，结果如何，非人人都清楚知道的。对此，亲身经历者或可鲜活如昨，但对后来者却可能只是一个概念，对某段历史的记忆影像或不存在或是模糊的。基于此，为了让年轻人，特别是青少年永远铭记共和国这段不朽的历史，我们推出了这套《共和国的历程》。

《共和国的历程》虽为故事形式，但与戏说无关，我们是想借助通俗、富于感染力的文字记录这段历史。这套丛书汇集了在共和国历史上具有深刻影响的重大历史事件。在丛书的谋篇布局上，我们尽量选取各个时代具有代表性的或深具普遍意义的若干事件加以叙述，使其能反映共和国发展的全景和脉络。为了使题目的设置不至于因大而空，我们着眼于每一重大历史事件的缘起、过程、结局、时间、地点、人物等，抓住点滴和些许小事，力求通透。

历史是复杂的，事态的发展因素也是多方面的。由于叙述者的视角、文化构成不同，对事件的认知或有不足，但这不会影响我们对整个历史事件的判断和思考，至于它能否清晰地表达出我们编辑这套书的本意，那只能交给读者去评判了。

这套丛书可谓是一部书写红色记忆的读物，它对于了解共和国的历史、中国共产党的英明领导和中国人民的伟大实践都是不可或缺的。同时，这套丛书又是一套普及性读物，既针对重点阅读人群，也适宜在全民中推广。相信它必将在我国开展的全民阅读活动中发挥大的作用，成为装备中小学图书馆、农家书屋、社区书屋、机关及企事业单位职工图书室、连队图书室等的重点选择对象。

编　者
2014 年 1 月

一、陆战武器

第一辆国产主战坦克诞生/002

新型火箭炮装备部队/010

火箭炮实现简便射击/014

设计新式反坦克武器/018

坦克架桥车研制成功/022

研制七四式火箭布雷车/027

七九式火箭布雷车诞生/035

成功研制轻便小火箭/048

二、海战武器

新中国第一枚海防导弹诞生/056

第一代水陆坦克定型/062

水陆坦克横渡琼州海峡/070

第一艘国产导弹驱逐舰诞生/075

研制新中国第一艘潜艇/080

成功研制七三式冲锋舟/083

七九式班用冲锋舟诞生/087

目 录

三、空战武器

研制新中国第一架教练机/092

试制生产首批教练机整机/100

第一架喷气式歼击机升空/109

一、 陆战武器

● 1960 年，军委装甲兵和五机部决定自行研制我国第一代主战坦克，一场自主创新设计和生产坦克的攻坚战拉开序幕。

● 担任装甲兵副司令的贺晋年后来详细地介绍了我国研制第一代坦克时的情景，他说："当时，我们首先面临的一个问题是方向的选择，即依据我们的国情、军情，搞一些什么样的坦克装甲车辆？不能人家搞什么，我们搞什么。"

● 杨楚泉说："每当我回忆起这段艰苦奋战的历史，都会被当时那种团结协作、无私奉献的高尚集体主义精神而感动。"

第一辆国产主战坦克诞生

1960 年，军委装甲兵和五机部决定自行研制我国第一代主战坦克，一场自主创新设计和生产坦克的攻坚战拉开序幕。

当时担任装甲兵副司令的贺晋年后来详细地介绍了我国研制第一代坦克时的情景，他说：

> 当时，我们首先面临的一个问题是方向的选择，即依据我们的国情、军情，搞一些什么样的坦克装甲车辆？不能人家搞什么，我们搞什么。

当时，研制坦克的科研人员主要考虑两个因素，一是我军人民战争的战略思想、积极防御的战略方针和主要作战方向；二是南北方千差万别的地理和气候条件，特别是南方地区多丘陵山地和水网稻田，江河密布，气候炎热潮湿。

经过充分的研究，中央确定了南方发展轻型和水陆坦克，北方发展中型坦克，同步发展南北通用的履带式装甲输送车的方针，并正式下达了各新型坦克装甲车辆的设计任务。

五机部接到任务以后，立即组织有关工厂和研究所，并投入大量的人力、物力，开展新坦克所需技术的预研工作，如激光测距仪、双向稳定器等项目，为新坦克的研制创造有利条件。

当时，坦克方面的专业科研机构、工业部门仅有三〇研究室和六〇研究所，两个单位总人数 140 人。其中近 50 人是翻译，既无经验，又无基本试验设备，只能担负资料翻译和现役坦克的某些试验和改进任务。

为了适应科研工作发展的需要，军事工程学院装甲兵工程系建立了坦克科学研究所，受学院和装甲兵双重领导。

1961 年 11 月，坦克科学研究所扩编为装甲兵科学技术研究院，下辖 10 个研究室和坦克试验场、南方试验站、试制工厂。

至 1963 年年初，该院共有人数 1710 人，其中大专以上程度 294 人。

与此同时，坦克工业部门厂、所、院校的科研人员也发展到 1300 人。

这支科研队伍，虽大部分是刚出校门不久的青年学生，但他们干劲大、热情高、勇于探索、勇挑重担，夜以继日地奋战在科研室和试验现场，绘图设计，随图下厂，跟车试验，亲自参加车辆的驾驶、保养和修理。

1963 年，装甲兵科研院根据军委装甲兵的指示精神，开始进行新坦克的方案论证。

陆战武器

1964 年，装甲兵科研院提出新型坦克战术技术指标的论证方案。

1965 年，五机部正式向有关科研单位下达新型坦克的研制任务，产品代号为"WZ 一二一"。

1966 年，有关工厂试制出了第一辆样车；1968 年，试制出第二辆样车。

科研人员用这些样车和试验车进行了部分项目的试验。

1969 年年初，我军缴获一辆苏制 T – 六二坦克。

8 月，缴获的苏制坦克被送到北京后，科研人员立即对其进行全面的解剖分析，获得了大量的第一手资料和相关技术。

在此基础上，科研人员及时将掌握的新技术应用到新坦克的设计上，对新坦克的设计进行了 11 项重大改进。

杨楚泉是六三式水陆坦克负责总体的设计师，是我国第一代水陆坦克的一位功臣。他对研制六三式水陆坦克的全过程有着非常深刻的印象。

杨楚泉是以哈军工第一期毕业生留校任助教的身份，配合张克劝教员，带领 10 名第二期学员，去搞毕业设计而接受研制水陆坦克这项任务的

杨楚泉后来回忆说：

上了年纪的人还都记得，当时的条件确实

非常艰苦。那种艰苦，是现在的年轻人无法想象的。

当时，杨楚泉等人只有一些陆上车辆的书本知识，对两栖车辆的原理与设计一无所知，而且，国外报道的有关资料也少得可怜。

杨楚泉后来说："当时，我们真是'初生牛犊不怕虎'，政治热情高涨，敢想敢干，无所畏惧。"

当时，设计组全体成员努力拼搏。他们利用一辆破旧的英国维克斯两栖车，把螺旋桨推进改装成了带旋转喷口的喷水推进，冒着很大风险驶入松花江进行试验。确实是实践出真知，试验中由于干舷过低，掌握不住操作要领，曾经造成顺江漂流，险些出事故。但经改进后，终于证实了喷水推进方式不但是可行的，而且是优越的。

这个令人欣喜的结论为设计组增添了极大的信心。

尽管受到当时政治因素的严重影响，但是，广大科研人员仍然凭着为实现我军装甲机械化作贡献的强烈责任感和使命感，仍然艰难地进行着新坦克的研制工作。

1970 年 2 月，科研人员又试制出三辆样车，经试验，整车性能基本达到战术技术指标要求。

同年，五机部决定进行批量生产，但由于一些部件的技术生产条件不成熟，又被迫中止。

1971 年，五机部决定，新坦克不成熟的部件暂时下马，基本成熟而质量不稳定的部件抓紧进行攻关。于是，

陆战武器

又重新组织力量进行设计。为尽快推出我们自己的主战坦克，科研人员在原战术技术指标较高的设计方案基础上，提出了简化方案，经有关部门重新审查后，军委装甲兵和五机部正式批准试制出定型样车，并由装甲兵组织进行定型试验。

1974年3月26日，我国坦克科技人员自行设计、研制的国内第一代中型坦克，由国务院、中央军委军工产品定型工作领导小组批准设计定型，并命名为"1969年式中型坦克"，简称六九式中型坦克。

六九式中型坦克在火力、机动性和夜间作战能力方面，较之五九式中型坦克均有所提高。

当时的一位军人后来回忆说：

当时，我所在的部队装备的是五九式中型坦克，1976年时看到友邻部队换装了六九式坦克，着实让人羡慕，因为它比我们的车跑得快多了，而且有车长、炮长夜视仪……

六九式中型坦克的研制具有划时代的意义，它为我国以后的坦克研制和发展奠定了坚实的基础，同时也标志着我国的坦克工业已走上自行设计、研制的道路。

据一位技术人员后来回忆：

六九式坦克与五九式坦克相比的最大亮点

就是它的 100 毫米滑膛坦克炮。坦克炮身管长 5450 毫米，炮身全长 5705 毫米，身管前中段靠前的位置布置有抽气装置，火炮全重为 1970 千克，驻退机和复进机并列布置在火炮上方。

这种炮是我国第一种使用尾翼稳定脱壳穿甲弹的坦克炮。

尾翼稳定脱壳穿甲弹是一种次口径的穿甲弹，也叫"长杆弹"，它的穿甲威力要比普通标准口径穿甲弹的威力大得多，而且滑膛炮便于保养……

这辆六九式中型坦克，凝聚着科研人员的无数心血。杨楚泉后来回忆说：

从 1958 年起，我国便开始自行研制轻型坦克、水陆坦克、自行火炮、装甲输送车和其他配套车辆，这表明年轻的中国坦克工业从此开始从仿制走上拥有自主知识产权的自力更生发展道路。

20 世纪 60 年代初，由于中苏关系恶化，加上自然灾害，我国的国民经济陷入了暂时困难。与此同时，西方国家的封锁禁运，使我国的坦克工业雪上加霜，处境更加困难。

陆战武器

这时，坦克工业战线的广大职工和科技人员坚决贯彻中央"自力更生、艰苦奋斗、奋发图强、勤俭建国"的方针，在国防科委装甲车辆专业组的统一组织协调下，实行生产、科研、教学与使用部门相结合，齐心协力，克服困难，终于研制出多种型号坦克装甲车辆，并相继定型投产，为改善部队装备，增强国防力量作出了重要贡献。

后来，杨楚泉充满激情地回忆说：

每当我回忆起这段艰苦奋战的历史，都会被当时那种团结协作、无私奉献的高尚集体主义精神而感动。当时各协作单位之间，从没有扯皮、推诿现象，大家总是互相关心支持，不分彼此，亲密无间。

这段往事经常会勾起杨楚泉深切的回忆。

当时，贺晋年担任装甲兵副司令员。

后来，他深情地回顾了我国研制第一代坦克装甲车的历程。

贺晋年说："装甲兵第一代武器装备的发展，包括仿制苏联中型坦克，自行研制轻型坦克、水陆坦克和履带式装甲输送车。从提出课题，进行科研、设计、试制、试验，到1962年前后相继完成了定型工作。"

贺晋年饱含深情地说：

这 5 年时间，与我过去的戎马生涯比起来，时间虽短，但这是在新环境下进行的一场新的战斗，感受颇深，印象难忘。

时隔 30 余年，当时同志们那种自力更生、艰苦奋斗、发奋图强的进取精神，为事业吃苦耐劳、埋头苦干、团结协作、无私奉献的高尚品质，绘织成一幅清晰的历史画卷。

谱写在卷首并铭刻于脑际的是"实事求是" 4 个字，这是主导第一代坦克装甲车辆研制取得成功的正确方针，是贯穿装甲兵第一次科研实践的一条主线，也是能够以短短的四五年时间里拿下一代装备的关键所在。

陆战武器

新型火箭炮装备部队

1959 年 3 月，北国边疆依然天寒地冻，寒风凛冽，国家军械靶场上却气氛热烈。

我军新研制出的数种野战火箭正在这里进行综合实验。

一发发火箭弹发出像撕裂棉布一样的声音，呼啸而出。远处的目标区腾起一片火光，响起阵阵震耳欲聋的爆炸声。

看着各种火箭一发接一发地飞向天空时，张爱萍副总参谋长、陈锡联司令员、苏进副司令员等领导也同工作人员一样，都抑制不住内心的喜悦，不断鼓掌叫好！

这些火箭都是由中国自行研制的。

20 世纪 50 年代末，中央军委、炮兵总部提出突击发展火箭武器，要求军工部门在最短期间完成野战火箭序列研制。

承担研制任务的工厂、科研单位积极性非常高。他们日夜奋战，决心以自己的实际行动为新中国的国防建设作出贡献。

遇到难题，科技人员就互相商讨，集中一切力量攻关。他们以主人翁的姿态，在自己的岗位上，全神贯注地进行钻研。

那时候，不管是科研单位，还是工厂，都出现一种你追我赶的工作气氛。

经过大家的努力奋斗，野战火箭的研制工作取得很大的进展。在短短几个月内，有的项目搞出了方案，有的项目试制出了样品。

1959 年 1 月 16 日，炮兵司令员陈锡联在北京主持召开会议，对工业部门提出的军、师、团属三级野战火箭的方案进行了审查。

1959 年 3 月，根据总参首长的指示，生产部门将几种野战火箭的样品集中到国家军械靶场进行综合试验。

试验期间，上级领导专门召开技术经验座谈会，以便大家交流火箭试验的经验。

试验结束后，由张爱萍副总长、总军械部王树声部长、陈锡联司令员主持召开了现场会议，研究进一步促进研制工作的措施。

经过仔细研究，几位领导决定东北地区的几个工厂集中力量研制军级大威力火箭，太原和西安的几个工厂集中力量研制师、团两级火箭。

这样调整后，有力地促进了研制工作的进展。

1959 年 11 月，炮兵总部又在宣化靶场组织一次大型试验。

参加试验的新型武器有师、团两种火箭，160 毫米迫击炮增程弹、八二无后坐力炮三用弹等项目。

贺龙、徐向前、聂荣臻，总部机关、国防科委、驻

陆战武器

京部队的领导以及国防工业部门、科研单位的负责人等近200人参观了这次试验。

试验就要开始了，试验场上突然狂风大作，漫天的黄沙席卷而来。无遮无掩的试验场上立刻飞沙走石，狂风吹得所有人都睁不开眼睛。

首长们有的转过身去，有的竖起大衣领，依然坚持着听工作人员的汇报。工作人员在风里大声地汇报着。

风太大，风声掩盖住了工作人员的声音，首长们也被吹得有些站不住了。于是，工作人员向首长们建议，到汽车上继续汇报。这样，首长们才走上汽车。

狂风肆虐了好长时间才离开。

几位元帅走下汽车，贺龙摘下墨镜，擦了擦，看到不远处威风凛凛的火箭炮车，来了兴致，几步来到炮车前，向工人和战士详细地询问武器的试验准备情况，并同他们一一握手。

然后，贺龙等还兴致勃勃地操作火炮。

看到火箭炮的定向器自由升降，贺龙禁不住哈哈大笑。显然，他对炮兵总部的研制工作十分满意。

炮兵副司令员赵章成对迫击炮三用弹特别感兴趣。

赵章成是一位老炮兵，也是我军的"神炮手"，他发明的迫击炮平射法在数次战斗中发挥了力挽狂澜的作用。

现在，赵章成对这种新型炮弹爱不释手，反复操作了好几遍。

实弹射击结束后，首长们不顾疲劳，又到目标区察看弹着点的散布和毁伤效果。

当日下午，首长们还视察了炮兵学院，他们都称赞炮兵学院很好地完成了这次试验的组织实施工作。

在中央军委、炮兵总部首长的高度关注下，火箭的研制工作进展更加迅速了。

太原地区以工厂为主承担的 130 毫米火箭炮，在1959 年至 1962 年不到三年的时间里，就先后提出 8 个火箭炮设计方案，出过 4 种样品炮，其中 3 种进行了射击试验，抓紧解决了一系列技术问题，1962 年年底通过了国家靶场试验，达到设计定型。

西安地区工厂承担的 107 毫米火箭炮也抓得很紧，在 1962 年年底也通过了国家靶场试验。

1963 年 6 月至 8 月，炮兵总部在西藏军区组织了这两种火箭炮的部队试验，在接近实战的条件下考察其战斗使用和技术性能。

这两种炮是新中国成立后，由我国自行研制的第一批装备部队的新型武器，标志着我军炮兵武器装备已由仿制为主开始迈向自行研制为主。

陆战武器

火箭炮实现简便射击

1963 年，昆明军区边防部队反映，现役装备的 107 毫米火箭炮太重，不利于部队机动。

昆明军区驻守的云南地区是多山地形，指战员拖着数百公斤的火箭炮翻山越岭非常吃力，即使把火箭炮拆成零件分散到战士们身上，每个零件也达几十公斤，再加上给养和武器，战士的负重已经达到极限。

叶剑英针对这种情况，在国务院军工产品定型委员会上提出：

> 武器装备的设计和生产，在保持一定威力的前提下，要尽量减轻重量，使之轻型化。

根据这个指示，军工部门在继续开展新装备研制的同时，狠抓原有武器的轻型化改进。

在炮兵科研管理部门的努力下，107 毫米火箭炮不仅实现了轻型化，火箭弹重 18.8 公斤，一个人正好扛一颗，在复杂地形长途行军也可以承受。而且，还可以快速分解和结合，火箭炮拆开后的单个部件重量不超过 30 公斤。

为满足人背的要求，分解部分在结构尺寸上不过颈，便于抬头，下不过臀，便于跨步，宽不过肩，便于通过，重心贴身，防止扭腰。

为了考核改进后的轻107毫米火箭炮在山岳丛林地区的作战使用性能，科研人员在云南耿马地区组织部队试验。科研人员同指战员一起，携带火炮、弹药徒步翻山越岭、穿越丛林，进行行军试验，科研人员亲身体会。

经过行军、实弹射击等一系列试验，部队指战员认为，107毫米火箭炮比旧式107毫米火箭炮更适于热带丛林地区作战，但是仍感到部件多，炮体重，部队携行有困难。

可是，从当时的技术和材料看，再减轻已无文章可做。技术改进已经达到极限，该怎么办呢？

科研人员经过反复琢磨，并与指战员交换意见后，提出只用定向管进行直接瞄准射击的方法，即把火箭炮的定向管放在土堆或土坎上，装上火箭弹，利用定向管概略瞄准，用干电池作为发火电源。这样，一个小分队只要携带定向管和火箭弹就能射击。

这是一个大胆的设想，立即得到了部队指战员的广泛支持。

科研人员和指战员们用试验中节省下来的几发弹进行试验。

人们把火箭弹放进定向管，架到土堆上用定向管进行概略瞄准。火箭发射后，火箭弹落在瞄准点附近，可是定向管却从土堆上甩出好几米远。

陆战武器

火箭弹成功地打了出去，但定向管可能会撞伤射手。为了解决这个问题，科研人员又想出了将一节竹筒劈成两块竹瓦，将火箭弹放置在竹瓦上发射的办法。

火箭弹同样顺利发射并落在瞄准点附近，而竹瓦却飞出好远。竹瓦虽然轻，但还是会伤及射手。

最后，科研人员干脆不要竹瓦，在土堆上挖个槽，将火箭弹直接放在上面发射，结果，同样可行。这个方法引起了部队指战员的极大兴趣。

一个连长说："采取这个方法，一个小分队只需背上火箭弹、简易瞄准装置和电源即可隐蔽接敌，快速发射，及时转移，这无疑是实施近战、偷袭和敌后游击作战的理想打法。"

这个消息传到张爱萍那里，张爱萍立即要求科研人员当面给他汇报。

科研人员把轻107毫米火箭炮搬到张爱萍的办公室，张爱萍边看边问。

这种简便的射击方法引起了张爱萍的极大兴趣，他连声称赞这是个创举，还立刻指示由炮兵写报告，尽快对107毫米火箭弹简便射击进行系统的研究试验。

根据张爱萍的指示，炮兵及时向总参谋部写出报告，建议批准用100发107毫米火箭弹再次到昆明军区进行简便射击方法的研究试验。

很快，报告批下来了。

当年7月，科研人员带领试验组再次到原部队进行试验。

通过试验研究，科研人员迅速解决了 107 毫米火箭弹直接瞄准射击的放置、瞄准、单发和多发串联发射等问题，成功地研制出简易瞄准器材，还系统地整理了试验的结果。

1967 年，在炮兵司令部的组织下，炮兵们在北京南口靶场向军委、总部首长和领导机关进行了使用 107 毫米火箭弹进行射击的表演，受到大家的好评。

陆战武器

设计新式反坦克武器

1967 年 11 月，国防科工委根据军委副主席聂荣臻的指示，在北京京西宾馆举办了兵器小型汇报展览。陈毅、聂荣臻和叶剑英参观展览。

叶剑英在参观展览室，针对当时装备的七五迫击炮和研制的新四〇火箭筒、八二迫击炮的直射距离不能形成梯次火力的缺陷，十分严肃地提出：

步兵连、营、团反坦克武器的直射距离要分别达到×××、×××、×××米，要层层打，形成梯次火力，远处打起，近处消灭。

为了实现叶剑英提出的目标，有关部门迅速组织科技人员，进行反坦克武器试验。

12 月 20 日，叶剑英又亲临南口靶场参观反坦克武器试验。

此时，北京的天气寒冷异常，人们呼出的"白烟"转眼就被裹挟着沙粒的狂风吹散。

叶剑英身穿军大衣，头戴绒帽，走进靶场，兴致勃勃地观看试验。

试验开始了。

一枚四〇火箭弹呼啸着钉在一辆苏制依斯重型坦克上，毫不费力地将数十毫米厚的装甲钻了一个洞。

叶剑英脸上露出笑容，不住地点头称赞。

这时，一个科研人员上前汇报说：刚刚发射的新四〇火箭弹有时不能有效对付 M 六〇坦克。

叶剑英听后说：新四〇是一个很好的火箭筒，但要配压电引信，要换高能炸药，要能穿透坦克任何部位，要加快研制进度。

1972 年 8 月 2 日，叶剑英再次来到炮兵部队，察看新四〇火箭的研制情况。部队领导陪同他一起观看打坦克表演试验。

这次，新四〇火箭筒再次显示出它强大的威力。被新四〇火箭筒击中的坦克里，两条狗、一只兔子都被打死。

这时，炮兵吴信泉副司令员介绍说："改进后的新四〇火箭筒破甲效果比以前好了。"

叶剑英听后十分高兴，他兴奋地说："新四〇很好，要加快生产装备部队。"

1973 年 8 月 4 日，在中央军委主持召开反坦克专业会议领导小组会上，对生产新四〇还是生产改四〇产生了很大争议。

15 时 40 分，叶剑英身着白色短袖衬衫，右手端着茶杯，神采奕奕地走进会场，与会人员都将目光投向叶剑英。

陆战武器

叶剑英请大家坐下继续讨论。

这时，一个科研人员鼓起勇气站起来，向叶剑英汇报了新四〇和改四〇的有关情况。

他说：

新四〇火箭筒 1962 年开始研制，达到了叶副主席提出的连级反坦克武器射程要达到××× 米的要求，火箭弹配压电引信，大角度发火性能好，有光学瞄准镜，还可配红外界微光瞄准镜进行夜间作战。

而改四〇火箭筒 1968 年开始研制，采用新四〇的炮、老四〇的弹改进而成，弹配机械引信，大角度发火性能差，直射距离只有 150 米，标尺准星瞄准误差大。

另外，新四〇用的铝材是普通硬铝，国内可以解决。

对于新四〇风偏问题，有人给首长汇报说在风天不能打仗，这不是事实。新四〇是存在迎风偏，但有规律，是可以修正的。

通过 3 个军区部队试用证明了这一点……

这个科研人员最后说：

"部队是欢迎新四〇火箭筒的。"

叶剑英听完汇报后立即表态，他十分坚定地说：

"我认为发展新四〇火箭筒是正确的。"

叶剑英的这句话使新四〇、改四〇之争宣告结束。

很快，新四〇火箭筒成为我军步兵班的主要反坦克火器。

我国的科技人员经 10 多年的努力，排除干扰，克服重重困难，终于实现了叶剑英在 1967 年提出的反坦克武器有效射程的要求，有力地促进了我国反坦克武器的研制工作。

陆战武器

坦克架桥车研制成功

一场激烈的对抗演习正在进行之中。

我军坦克和步兵战车向"敌人"发起猛攻，并迅速在其阵地中撕开了一个"缺口"，随即，我后续部队利用突破口进入战斗，向"敌人"纵深阵地进攻。

只听轰隆一声巨响，"敌人"突然在纵深阵地前起爆了临时反坦克壕，我坦克和步兵战斗队形前进受阻。

此时，"敌人"各种反坦克武器向我受阻的坦克、步兵战车猛烈开火，情况十分危急。

就在这危急关头，只见几辆坦克架桥车冲到反坦克壕边，在我坦克和炮兵的强大火力掩护下，伸出了长长的桥臂在"敌人"临时设置的障碍物上架起几座车辙桥。

一桥飞架南北，天堑变通途。

我军坦克迅速通过车辙桥，对"敌人"发起了猛烈的攻击……

这些在战斗中大显身手的工程保障装备就是我国自行研制的坦克架桥车。

我国自行研制的第一批坦克架桥车，诞生的过程充满艰辛……

1970 年 8 月，装甲兵召开的战车和配套车辆的研制定型会议决定，研制架桥坦克的任务由沈阳军区装甲兵负责，并责成某兵工厂进行具体研制。

任务一下达，沈阳军区装甲兵和兵工厂立即成立了架桥坦克会战指挥组。

9月10日，会战指挥组在六四〇九工厂召开了研制架桥坦克的全厂动员大会，研制我国第一台架桥坦克的战斗打响了。

在20世纪70年代，研制架桥坦克是一个陌生的科研难题。设计小组一无样车，二缺资料，而且设计人员都未接触过桥梁专业。

设计组的同志决心发动全厂群众献计献策，在集思广益的基础上，设计组经过10多个日日夜夜的艰苦奋战，终于设计出两种架桥坦克方案：

一种是平推式的，一种是剪式的。

为了便于探讨和汇报，设计组同时做出了两种模型。

10月2日，沈阳军区装甲兵徐国夫司令员和赵云鹤政委等首长专程来工厂，听取设计人员汇报，观看模型。

对下一步的设计研制工作，徐司令员作了指示，他还从战术技术要求上，对桥身的长度，车体的高度和重量，架、收桥的速度及操纵的方便程度提出了要求。

根据首长指示，设计组反复研究，认为两个方案各有利弊，都采用不行，于是决定取两个方案之长于一体，设计出第三个方案，即双节双叠平推式架桥方案，并赶

陆战武器

制出模型。

平推式架桥要求隐蔽和方便。战斗中需要攻克敌反坦克壕时，架桥车迅速前出到架桥地点，驾驶员操纵架桥机构先将叠在下方的桥节推出，尔后通过连桥机构将两个半桥连成一个整桥，再继续向对岸平推，当桥搭到对岸后，再用液压系统将桥的这一端放下，架桥车离开。

11月10日，设计组将这种平推重叠式方案向军委装甲兵首长进行了汇报，很快得到批准。方案确定以后，设计组便全力以赴地投入设计工作。

大家夜以继日地查资料、算数据、画图纸，一遍又一遍，一丝不苟，精益求精设计。

经过设计组的齐心努力，第一台架桥坦克样车图纸于1971年2月拿出来了。

为了加快进度，会战指挥组决定边设计边试制。

为此，工厂总装车间成立了17人的架桥班，于3月初全面铺开研制工作。工厂组织了机械加工会战，各单位的能工巧匠各显身手，攻克了不少难关。

桥体使用的钢板，在沈阳重机厂热处理后变形很大。

工厂里的老师傅陈志明知道后，主动请战，说用大锤能砸平。会战指挥组看着老师傅坚定的眼神，答应让他试一试。

陈志明带领几个同志用5公斤多的大锤硬砸，一连砸了半个多月，硬是把16块钢板砸平，经检验，钢板完全合乎技术要求。

绝处逢生，人们高兴得把陈志明抱了起来。

焊接是关键工序，工厂选调了全厂技术最好的焊工前来参战，设计人员也整天战斗在现场，唯恐出一点问题。

焊台上24小时电光闪闪，弧光耀眼。

负责液压的设计人员，为了布好液压管路，在车上爬里爬外干了10多天，管路接好了，图纸也在现场设计完了。

经过工人和设计人员的艰苦奋战，4月底，机加件全部胜利完成，5月开始总装调试。

总装成功后的架桥坦克，架起的桥梁可以通过重达40吨的坦克，保障了我国的一代和二代坦克通过。副桥是主桥内的桥板，主要用于通过小型车辆如吉普车等，承重量达8吨，保障了各种摩托化车辆通过。

架桥跨度足以攻克反坦克壕和一般性的弹坑等障碍物。

架桥坦克总装以后，首先在厂内进行一系列试验，试验结果良好。

1971年9月21日到1972年1月，样车进行了行驶速度测试。

在山区进行了各种地形的架、收桥试验，水中架、收桥的测试和低温测试。试验取得的一系列数据证明，这台样车达到了设计要求。

1972年5月在北京南口进行汇报表演。

陆战武器

装甲兵邀请了各军、兵种及兵器工业部的领导、专家观摩指导。

参观台上，首长们为这场精彩的表演热烈鼓掌，大加赞赏这台样车研制速度快，机械化程度较高，操作简单，架、收桥速度较快，适合部队的战斗需要。

表演之后，召开了多次座谈会、讨论会，认真听取了与会专家和同志们的意见，进一步明确了改进的方向。

1972 年 6 月，根据大家提出的改进意见，设计组进行第二台样车设计。

1973 年研制成第二台架桥坦克样车。

这台样车比起第一台样车来，各方面都有很大进步，行军时更为轻巧，架、收桥速度更快，战斗性能更好。

1975 年 6 月 15 日，第二台架桥坦克样车运到北京中国人民解放军军事博物馆，给参加军委扩大会议的领导作汇报表演。徐向前看后十分高兴，给予这台架桥坦克很高的评价。

1978 年年初，架桥坦克研制成果被中国科技大会评为全国科技成果三等奖，为我国第一代架桥坦克的研制作出了贡献。

研制七四式火箭布雷车

1970 年 9 月，在广州军区工程兵党委召开的一次党委会上，当时担任广州军区工程兵副主任的李魁三提出研制"火箭爆破弹"的设想。

广州军区工程兵党委对李魁三的这一提议十分赞成，当即决定组成科研领导小组，由李魁三担任组长，贾振秀、沈临盘、赵伟山任副组长，组员有邵密、陈进章、李浓、陈润泉等人。

这个科研领导小组，负责包括研制"火箭爆破弹"在内的 5 个科研项目的组织实施工作。

不久，李魁三和他的战友们将研制"火箭爆破弹"的任务正式定名为"709"项目。

当时，李魁三和他的同事们缺少经验，因此，他们面临着巨大的困难。

李魁三后来回忆说：

> 说老实话，搞工程装备技术研究，我们都是外行，困难确实很多……

从 1970 年 10 月份开始，李魁三要求领导小组的成员分头深入军地有关院校、科研单位和生产厂家了解情况、

陆战武器

学习取经、商请或调进科研人员参加课题研究。

在此基础上，科研领导小组确定以长沙工学院和广州军区工程兵教导队作为进行研究和试验的基地。

经过几个月的努力，科研领导小组组成了一支由10多位工程技术人员组成的精干的科研分队……

广州军区十分重视这支科研队伍，在工作上给予支持，生活上关心体贴，使他们专心致志地开展技术攻关。

在"320"爆破法的启发下，科研人员提出用火箭输送串联药包，整体填装、空中分离、分点爆炸的具体设想。

李魁三后来回忆说：

> 通过一段时间的实际研究和理论分析，我们认为，它与"320"爆破法相比，不但去掉了尾部控制绳，实现了由手工操作到机械控制的飞跃，而且在爆破距离和威力上也大得多……

同年4月，李魁三借去北京开会之机，将此方案向军委工程兵陈士榘司令员、李真政委作了汇报。

两位首长都对李魁三的汇报很感兴趣，非常赞成他们搞这个项目。

陈士榘说："这是一个创举。"

1972年年初，陈士榘还在李魁三等人的设计方案上亲笔批示：

这个项目设想很好，要大力支持。

在军委工程兵和广州军区首长的关怀下，上级部门给予科研领导小组大力的支持和帮助，军委工程兵在1971年和1972年两年间，给他们拨款70万元，较好地解决了缺乏科研经费的问题。

广州军区干部部门积极为科研领导小组调配搞火箭技术的专业技术人员，并为3名地方科技人员办了入伍手续。有关科研单位和厂家也多方积极协助，给予了无私的支援。

李魁三和他的战友们经过实践、认识、再实践、再认识的反复过程，接受了无数次失败的教训，基本确定了火箭爆破弹由火箭发动机、分离机构和弹体3部分组成。

1972年6月，李魁三等人在282厂进行单个火箭模拟试验。试验结果表明，火箭弹体的飞行、分离和装药落地展开均比较正常，取得了初步的成功。

同年9月，李魁三到北京参加全军反坦克集训。通过学习叶剑英的讲话，他进一步认识到，打敌集群坦克是当时全军最为关注而又亟待解决的问题之一。

李魁三后来回忆说：

在这次会议上，我亲眼看到拖式布雷车及

陆战武器

探耐爆防坦克地雷的表演。我心想，用地雷打坦克是我们的传统战法，而目前面对的是大纵深、宽正面、高速度的敌坦克集群进攻，我们要采取诸多比上述方法效果更佳的手段对付它。

如果我们能把正在研制的火箭爆破弹改成布雷弹，进行远距离地输送反坦克地雷，快速设置反坦克雷场，以阻止或迟滞敌坦克群的行动，这不是更好吗？

回到广州军区以后，李魁三立刻把这个想法与科研人员一起商量、共同研究。大家都同意他的这个设想方案。

于是，李魁三和他的同事们决定将火箭爆破弹的研制暂告一段落，改为研制火箭布雷弹。

李魁三后来深有感触地说："我们研制火箭爆破弹的模拟成功，大大地缩短了火箭布雷弹的研制进程。"

1972 年 9 月底，设计组以火箭爆破弹为依据，将弹体内的药包改为防坦克地雷，并将引信部分稍作改进，在发射架上进行单个火箭布雷试验。

李魁三和他的同事们经过几次反复模拟试验，认为效果比较理想，进一步增强了研制火箭布雷弹的信心。

同年 10 月份，李魁三等人根据广州军区首长的指示，在广州军区举办的反坦克训练班上，军区工程兵教导队试验分队将这一新成果作了汇报表演。

李魁三后来回忆说："当时是 1 发布雷弹装了 9 个地雷，安装在小铁架上发射。这次表演效果较好。合成军首长看了非常高兴。"

1973 年年初，军委工程兵将李魁三他们的这个科研项目列入了兵种的研究计划，并专派后勤部白炳勋副部长来长沙检查指导。

1973 年 6 月，军委工程兵在长沙召开军训会议。

这次会议调看了李魁三等人研制的火箭布雷弹的汇报表演。

军委工程兵崔萍副司令员看完表演后，十分高兴。他要求李魁三和他的同事们将火箭布雷弹研制情况写成报告，由他带回北京汇报。

不久，军委工程兵陈士榘司令员从北京来电，再次询问火箭布雷弹的研制情况，提出了加快研制步伐的要求。

陈士榘还说："布雷弹在小铁架上发射不便于机动，如果能搬上汽车就好了。"

军委工程兵首长的关怀和指示，给了研制人员很大的鼓舞，他们的干劲更大了。

李魁三后来回忆说：

> 有一天，我们准备在野外继续进行性能试验。当时正下着倾盆大雨，有的人怕影响试验效果，提出等雨停了再试验。可是，参加科研

陆战武器

的技术人员对我说："我们的试验是为了与敌人争时间，试验不能停，雨再大也要坚持下去。"经过试验，该火箭布雷车的技术性能良好。

后来，李魁三充满激情地说："在这样恶劣的气候条件下，检验了科研成果，也检验了科研人员的精神面貌。"

经过大家刻苦攻关，反复研制，火箭布雷车和弹很快就研制出来了。

李魁三等人研制的火箭布雷车是在北京 212 型敞篷吉普车的基础上改装的。车上有高低和方向瞄准装置，重心较稳，后坐力小。每车挂 10 发火箭布雷弹，每发弹装 10 个地雷。

火箭经电钮点火飞离发射轨道，按预定的弹道飞行，到空中后分离机构内的定时器起爆螺栓，同时抛出阻力伞并拉出弹体内的地雷，尔后地雷借助小伞的阻力徐徐撒布到预定的地区。

在短短几分钟的时间内，这辆火箭布雷车就能在 800 米以外，一次设置一个正面在 120~150 米之间、纵深 60 米左右的雷场，能有效地阻止或迟滞正面 3 辆敌坦克的前进，大大缩短了布雷时间，也提高了打、藏和机动能力。

1973 年 7 月，国务院、中央军委常规装备领导小组召开反坦克武器座谈会。

军委工程兵副司令员崔萍汇报了李魁三等人研制的火箭布雷阻止敌坦克机动的情况。

当时，主持军委日常工作的叶剑英和国务院李先念副总理听了汇报后，都很感兴趣，表示要看一看。

国家计委副主任余秋里也十分兴奋地说："苗头很好，有发展前途。"

不久，总参谋部命令李魁三等人携带火箭布雷车等科研成果到北京进行汇报表演。

科研领导小组当即组成了一支由130人组成的汇报表演分队，于8月10日起程，分两批陆续到达北京。

1973年9月18日，李魁三等人在北京向叶剑英副主席等首长作汇报表演。

首长们观看汇报表演后，都对新研制的火箭布雷车十分满意。他们说："火箭布雷车能有效地阻止和迟滞敌集群坦克的进攻，把死雷变成活雷，敌坦克由活动目标变成固定目标，为我集中火力，利用各种反坦克武器，消灭敌坦克创造了条件。这是一种很好的武器，希望能尽快装备部队。"

叶剑英高兴地称赞这项科研成果是"秘密武器"。

叶剑英还指示，火箭布雷车要尽快定型，以便装备部队。

赴京汇报表演后，李魁三等人根据叶剑英的指示，在长沙组织有关人员又做了深入的研究和准备。

1973年10月15日，军委工程兵和广州军区首长确

陆战武器

定，组成由长沙工学院、工程兵技术装备研究所、科研二〇院以及 6 个工厂 56 人参加的会战组。

李魁三担任组长，贾振秀、沈临盘、黎子华任副组长，分成发射车研制组和布雷弹研制组两个小组同步进行紧张的研制工作。

李魁三后来回忆说：

1974 年年初，我们全部完成了火箭布雷车的修改设计方案和技术图纸工作，从而，使火箭布雷车在总体结构和各部件上都作了很大的改进。基本达到了提高射程、减轻重量、缩小体积、完善结构的要求。

1974 年 10 月，经国务院有关部门、总参谋部、总后勤部、军委工程兵和科研二〇院等有关专家及科技人员的鉴定，李魁三等人研制成功的火箭布雷车正式定型，投入批量生产，装备部队。

这种火箭布雷车被命名为"1974 年式火箭布雷车"。

从此，中国工程兵步入了以火箭机动布雷代替人工和机械布雷的新阶段。

七九式火箭布雷车诞生

1973 年 6 月的一天，当时担任沈阳军区工程兵作训参谋的吴虹，跟随沈阳军区工程兵李东来副参谋长和装备器材部副部长到七二四工厂靶场观看火箭爆破器试验。

他们一边看着火箭拖带着爆破带飞向空中，又落地爆炸，一边议论着火箭能拖带炸药，能不能带地雷的问题。

试验结束后，吴虹等人向七二四厂研究所副所长杜永刚提了一个问题，他们说："能不能把防坦克地雷装到火箭上送出去 1 到 2 公里？"

杜永刚十分爽快地回答："当然可以。我们设计过好几种宣传弹，不就是把宣传品装在弹壳中，发射到敌阵地上空，然后将宣传品抛撒出去的嘛！"

于是，有关领导让杜永刚赶快拿出一个方案。

没过几天，杜永刚拿着草图到吴虹所在的机关，他详细地介绍了布雷弹的设计方案。

首长们当场确定了三个问题：一是每发布雷弹装六九式防坦克地雷 10 枚；二是七二四厂拿出图纸以后，由某工区修理所加工两发布雷弹战斗部，选用火箭爆破器的发动机试验；三是由作训、装备处组织试验，装备处牵头。

从此，沈阳军区的科研人员走上了研制火箭布雷车的艰苦历程。

1973 年 7 月，沈阳军区某工区接受了试制两发布雷弹的任务。他们在杜永刚和工人师傅们的指导下，仅用了 10 多天就加工出来了两发火箭弹。

到哪里去试验呢？

吴虹后来回忆说：

> 那时，正值 7 月中旬，庄稼地里到处长满了粗壮的苞米。我们正在发愁时，有人提出到海边去试。
>
> 于是第一发火箭布雷弹的试验，便确定在辽宁省东沟县的海滩上进行。
>
> 首长们非常重视这次试验，沈阳军区工程兵吕兆宣、李东来、梦夜副部长等都前往参加。
>
> 我们在海滩上架起了简易发射架，把战斗部和发动机连接在一起，为定时开仓抛雷，选用航弹引信作为定时开仓的引信。
>
> 发射第一枚弹时，为了安全，我们选取旧碉堡作为点火。

随着李东来副参谋长的一声令下，第一枚火箭布雷弹升空了。

只见弹体在空中上下左右摇摆，直到布雷弹快落地时才听到声响。经测量检查，射程1660米，方向偏右，地雷和伞绞在一起，10枚地雷分堆散布在不足10米的地方。

接下来，大家在现场席地而坐，进行了研究，对这次试验得出三个结论：一是运用火箭可以解决快速布雷的问题；二是弹道不稳使发动机与战斗要求不匹配；三是由于开仓落雷太晚，造成地雷散布不好。

8月下旬，梦夜主持第二次火箭布雷弹试验。军区工程兵夏克、杨启轩、吕兆宣领导观看了试验。

这次试验仅调整了定时引信，缩短了开仓时间，试验结果同第一发差不多，还是地雷散布欠佳。

首长们看后提出：方向对头，问题不少，要在地雷散布上下功夫。

就在这时候，传来了广州军区研制火箭布雷弹的消息。

夏克立即对研制人员说："你们去学习兄弟军区的长处，发挥东北地区军工企业实力雄厚的优势，搞出适合东北战区使用的火箭布雷车来。"

9月中旬，李东来和杜永刚等人学习广州军区研制火箭布雷车回来后，立即在会上向机关作训、装备部门介绍了广州军区的经验。

李东来等人都说："广州军区搞的火箭发射车注重越

陆战武器

野性和火箭布雷弹开仓布雷方式等经验，很值得我们学习。它不仅提高了快速布雷的突然性、机动性，还有效地解决了大面积布雷、阻滞敌集群坦克的问题。"

会议经过讨论确定：沈阳军区研制火箭布雷车要在"快"和"远"字上下功夫。要研制越野性能强、自动化程度较高的火箭发射车。并研制同发射车配套的、射程在 3 公里以上的火箭布雷弹。

11 月上旬，沈阳军区在沈阳召开火箭布雷车战术技术论证会。这次会议由沈阳军区国防工办主任毛效义主持。沈阳军区工程兵、国营七二四厂、一二七厂、三七五厂的领导和有关技术人员参加了会议。

会议初步拟定了火箭布雷车的主要战术技术指标。

会议还确定，下一步的研制工作由沈阳军区工程兵负责总体工作，并负责研制战斗部布雷机构部分；七二四厂负责研制火箭布雷弹；一二七厂负责研制火箭发射车；三七五厂负责研制发动机推进剂。

会议决定 12 月下旬拿出审查方案。

会议结束以后，各单位对火箭布雷车的研制工作都非常重视，抽调了有经验的科技人员组成项目组，迅速开展工作。

沈阳军区工程兵组建了科研办公室，由梦夜直接领导，专门负责研制火箭布雷车的总体工作。办公室成员由作训处、装备处各抽调两人组成，任命吴虹为装备处副处长，主持办公室的科研工作。

1973 年 12 月 26 日，沈阳军区国防工办在沈阳主持召开火箭布雷车方案审查会。

军委工程兵胡奇才副司令员，国务院有关部门叶正大副主任、田牧副院长和上级有关业务部门等领导都参加了会议。

在这次大会上，各研制单位分别汇报了火箭布雷弹、火箭发射车的研制方案。

胡副司令员、叶副主任等首长对火箭布雷车研制方案给予了充分肯定。

会议结束时，沈阳军区国防工办毛效义主任提出：

在明年"五一"前拿出样品来，进行综合试验。

吴虹后来回忆说：

方案审查会之后，正是 1974 年元旦和春节，我们和刘育兴同志为了提高火箭发射车自动化程度，加快研制进度，冒着"三九"严寒去一二七厂研究火箭发射车的总体方案和安排加工试制工作。

陆战武器

一二七厂对这个项目非常重视，选派林正选副所长带领 20 多名有丰富经验的技术人员组成了项目组。

为了提高发射车的越野性能，项目组选用了当时部队装备的解放 CA－30 型越野车作为发射车的基础车；

为了减轻其负荷，且便于维修，项目组发射架采用笼式结构；

为了对付敌集群坦克的突然袭击，发射车能快速进入战斗状态实施布雷，并能在发射后迅速撤出阵地，项目组采用了既能手动又能电动的单滚珠丝杠式的高低平衡机；

为了缩短发射车在阵地上的发射时间，项目组把发射时固定车体需人工操作的"丝杠铁鞋"装置，改为气动插栓式自锁机构。

采取上述新技术以后，火箭布雷车进入阵地后能迅速完成布雷任务，有效地提高了火箭发射车的机动性、快速性和突然性。

为了在"五一"前拿出火箭布雷车的样车来，一二七厂全厂动员，他们主动放弃节假日，在车间日夜奋战。

为了加快试制进度，他们对一些设计周期较长的锻、铸件采取了边设计、边审查、边投料、边加工的方法进行制作。

对加工周期最长、要求精度较高的高低平衡机丝杠这一关键部件，他们派专人到南京专业工厂加工。由于该厂的全力协作，仅用1个多月就完成了加工任务。

1974年4月26日，一二七厂提前完成第一台火箭发射车的试制任务。

吴虹后来回忆说：

> 火箭布雷车试制成功后，受到部队干部、战士的一片赞扬。但我们还是保持清醒的头脑，注意倾听各种意见，不断提高火箭布雷车的性能。

有一次，军区罗舜初副司令员看了火箭布雷车试验，对吴虹等人说："这种新型武器的出现，要研究一下战术使用问题，敌集群坦克多批次突然从某个方向出现，你们怎么对付？"

吴虹带着这个问题，跟车到国家靶场进行火箭布雷车的摸底试验。

在驾驶室里，吴虹反复思考，脑海里逐渐形成了"边行进、边瞄准、边赋诸元、停车、发射、撤收"的快速布雷方案。

吴虹在和一二七厂的王家胜主任、林吉铭工程师一起研究后，在驾驶室内装上瞄准装置，增设发射装置角度表和点火装置，实现了"边行进、边瞄准、边发射"的快速布雷方案。

1974 年 8 月，沈阳军区又进行火箭布雷车试验。吴虹后来回忆说：

> 当时，我们将测试仪器和模拟司机与班长的羊、小兔放在驾驶室里，进行生物试验……

发射 8 发火箭布雷弹后，测试的结果是噪声 154 分贝，压力波每平方厘米 0.014 公斤，均符合规定范围要求。但羊和兔的解剖报告是，1 只羊肺部有出血点，1 只兔耳膜破裂，其结论是人员不能在车内发射。

这可急坏了这些研制人员。

如果人员不能在车内操作发射，就等于降低了火箭布雷车的一半性能，也就达不到快速、机动的要求了。

针对这一情况，吴虹立即召开研制单位领导人会议，分析了生物试验的情况，认为人员能否在车内发射应以仪器的测试为准，由于羊和兔在试验前的状态不详，因此，解剖报告仅作参考。

会后，吴虹向主持这次试验的沈阳军区工程兵宋文洪副主任和该训练基地的首长作了汇报，经研究决定：再用仪器复试一次，如果噪声、压力值均在安全范围内，就可以在车内发射。

第二次复试的仪器测试的数据与第一次基本相同。

接下来，就要进行人员登车发射试验了。

一二七厂的研制人员和工兵某团的发射手不顾危险，争着上车发射。

为慎重起见，吴虹决定首次上车发射尽量少上人，由一名司机和一二七厂陈斌武工程师上车进行发射试验。

司机小吴是来自雷锋连的优秀战士，驾驶技术非常熟练，他和陈斌武按照规定的发射程序、规定目标和注意事项进行了发射试验。

两发红色信号弹升起后，首次车内发射开始了。

茫茫的大草原一片寂静。

发射车边行进、边瞄准，到达规定位置停车，发射架升起。

当时，近百双眼睛盯着发射车内的战友，吴虹的心快提到喉咙里了。

只听到咝咝的呼啸声。

经过一阵沉寂后，小吴和陈斌武从车内活蹦乱跳地出来了。大家欢呼簇拥上去，同他们拥抱握手，热烈祝贺这次车内发射的成功。

火箭发射车"快速"的问题解决后，吴虹和他的战友们开始着手攻克火箭布雷弹的发射距离和精度，以及地雷进入战斗状态的有效率等技术难关。

七二四厂对这个项目非常重视，特地抽调了一批精兵强将参加研制工作。

为了提高火箭弹的射程，设计组选了几种方案重新

陆战武器

进行了技术设计，并反复进行基础试验。

提高火箭弹射程的关键是火箭发动机的推进剂。设计组设计试验了多种药形，做了 30 多批次的内弹道试验，终于达到了设计要求。

为了提高火箭布雷弹定时开仓的可靠性，设计组又制造了一个战斗部静抛试验装置，反复进行了静抛试验，确定了较为合理的抛射火药量，提高了开仓落雷的有效率。

为了确保 1974 年 4 月下旬进行试验，七二四厂研制车间上下动员，日夜奋战。沈阳军区工程兵首长还调了一个工兵排、一辆运输车进驻该厂，这个排在工人师傅的指导下，于 4 月中旬完成了 20 发火箭布雷弹的装配任务。

吴虹后来回忆说：

我们同工厂密切合作，连续奋战 120 多天，按计划完成了首次火箭布雷车综合试验的准备工作。

1974 年 4 月 27 日，综合摸底试验开始了。

火箭发射车分别进行了 20 发火箭布雷弹单射和连射试验以及 258 公里带弹行军试验。

在发射中，吴虹和他的同事们还对火箭发射车整体稳定性、振动性和主要零部件的强度等进行了测试检验。

试验证明：火箭布雷弹与火箭发射车配套良好，操作起来简便灵活、迅速，各部件的强度、刚度、发射和行军性能，都达到了设计要求。但也存在一些问题，主要是火箭布雷弹的精度差，地雷散布面积大。

为了提高火箭布雷弹的精度，设计组的同志经过仔细考虑，决定采取三项措施：一是改用 GS17 改性双基药作为火箭发动机的推进剂，以提高火箭布雷弹的初速；二是采取技术措施，使火箭弹发射后旋转；三是改进加工装配工艺，提高火箭布雷弹的同心度。

开始时，吴虹和他的同事们没有弄清火箭弹旋转与地雷散布有效率的关系，为使火箭弹旋转，他们就把火箭布雷弹稳定部翼片稍稍改变了一个角度，试验结果却出现了翼片偏角，使弹在空中越转越快，抛雷时伞与雷绞在一起，多数雷落地摔碎。

当时，有人开玩笑说："弹一转，肠子、肚子都乱套了。"

吴虹后来回忆说：

首次试验虽然失败了，但它给我们一个重要启示：要提高弹的飞行精度，弹必须旋转。要提高地雷进入战斗状态的有效率，开仓抛雷时，弹可不能旋转过快……

陆战武器

为此，设计组又提出了火箭布雷弹增加助旋发动机的方案。

试验时，吴虹和佟銮钧工程师冒着生命危险，在弹道上观察地雷从战斗部抛出时的状况。他们发现，当10枚地雷从雷仓抛出的一瞬间是一个圆柱体时，这是火箭布雷弹实现最佳开仓高度，地雷最佳散布密度，地雷进入战斗状态有效率最高的最好状态。

吴虹后来回忆说：

> 经过一系列的试制工作后，我们在某试验基地进行了定型试验，火箭发射车带弹行军300公里，总共发射210发火箭布雷弹。

通过这次试验，该基地得出的结论是：火箭布雷车完全合格。考虑战备急需，同意在现射程基础上给予产品全面定型。

1979年2月，正值万物复苏的季节，工程兵军工产品定型委员会在沈阳召开火箭布雷车定型会。

火箭布雷车顺利地通过审查。

工程兵军工产品定型委员会批准火箭布雷车设计定型，还给了它一个正式的名称，即"1979年式火箭布雷车"。

七九式火箭布雷车的研制过程充满艰辛，令人难忘。

当时担任沈阳军区工程兵作训参谋的吴虹后来深有感触地回忆说：

多少年来，我参加过近30个工程装备器材项目的研制工作，使我终生难忘的却是研制七九式火箭布雷车的日日夜夜……

陆战武器

成功研制轻便小火箭

1975年4月的一天，在我国北方的一个新装备试验基地的靶场上，一个射手正在为来自中央军委工程兵总部的首长表演轻武器打坦克。

在不远的山上，一辆T三四坦克出现了。只见射手不慌不忙地拿出一个"手电筒"，然后用眼睛对着目标大致瞄了一下，接着，一个火球突然从"手电筒"里飞出，"哐哐"地叫着直扑坦克。

火球击中坦克，随即炸成一片火光，从坦克的瞭望口里冒出阵阵黑烟。

黑烟散去后，人们发现，在厚达80多毫米的坦克正面装甲上，出现了一个洞。

接着，射手又对着装甲车、地堡、火炮、土木工事进行射击，目标被一一摧毁。

参观台上立刻响起阵阵热烈的掌声。工程兵总部首长们看着这个"手电筒"高兴地说，"小火箭"体积小，重量轻、携带方便，结构简单，破甲力强，发射迅速，使用灵活方便，不受地形限制，适合于夜战、近战、巷战；山地、平原、丘陵、坑道、街道、村落都可以打，比反坦克手榴弹、送炸药包好多了。

"小火箭"装备部队不需要增加编制人员，不影响其他武器的使用。老百姓家家户户都可以打,有利于对付集群坦克,体现了人民战争的光辉思想。如果一个连队带上几百发,"小火箭"就可在战场上大显神威。你有集群坦克,我有集群火箭,以群对群,这就增加了胜利的把握。

这个像手电筒一样的"小火箭"是七九式70毫米手持反坦克火箭,是北京军区工程兵反坦克办公室主持研制的单兵反坦克武器。

七九式70毫米手持反坦克火箭具有结构简单、体积小、质量轻、单手发射、携带方便等突出特点。因此在山地、丛林战中更能发挥其机动灵活的特性。

七九式70毫米手持反坦克火箭既适于装备侦察兵和特种部队,也适于大量装备步兵分队,可有效提高步兵近战、夜战和徒步反坦克、反装甲作战能力。

那还是20世纪60年代末,中央军委向全军发出"各军兵种打坦克,人人打坦克"的号召。

打坦克成了广大指战员议论和研究的主要课题。

北京军区工程兵积极响应这个号召,专门成立打坦克办公室,研究如何打坦克。

据当时参与打坦克研究的工作人员郑建中后来回忆:

当时,我从某军调到北京军区工程兵参加了这一研究的行列。

我们认真分析了我军反坦克武器的现状和我工程兵打坦克的办法与特点,看到在远距离

陆战武器

上已有了一些手段，而近距离打坦克仍是一个薄弱环节。

当时单兵打坦克只是用炸药包、爆破筒等来实施。运用这些方法虽然取材容易、便于掌握，但伤亡会很大。

面对这一情况，我们设想，能否让炸药包变成活的，不用人去送，创造一种人人都能使用的新型武器，像手电筒那样拿在手里一捏，就能自行飞出去直接打坦克呢？

1969 年年底，郑建中和他的同事申明敏带着试制一种"小火箭"的设想方案，来到三三○二厂。

厂领导对他们的工作很支持，配备了技术过硬的工人师傅刘政民和王建兴，并把他们这个试制任务安排在 9 车间。

就这样，郑建中、申明敏和工人师傅一起开始了边设计、边加工、边试制的工作。

郑建中深有感触地说："'小火箭'的研制，不是一帆风顺的。"

郑建中后来回忆说：

我们首先遇到的一个难题，是研制这种武器必须运用火箭和破甲技术，并要了解各种坦克的战术技术性能和它们的结构特点。

我在军事工程学院学的是地雷爆破专业，缺乏火箭和坦克方面的知识，更没有这方面的实践经验。我们军区工程兵的其他同志也都不懂火箭技术。

于是，我们本着不懂就学的原则，设法找来了《火箭发动机设计》、《聚能装药结构设计》、《引信设计》和《坦克》等技术书籍，抓紧时间反复进行学习研究。

我们遇到的第二个难题，是解决"小火箭"的手持发射问题，做到火箭喷火时不烧手，保证射手的绝对安全。

这就要求火箭的膛压要高，燃速要快。

当时，我们能查到的国内外有关火箭的资料均为膛压低、燃速慢的火箭……

通过理论计算，我们设计了多种型号的发动机，但经过试验，其结果不是出现胀膛变形，就是原地爆炸，有的虽然发射出去了，但飞不远。

郑建中回忆起当年的情景，依旧难以抑制激动的情绪，他充满激情地说：

在挫折面前，我们没有灰心泄气，继续进行反复的研究试验，以探索合理的参数。

陆战武器

郑建中和同事们经过无数次的研究，终于设计试验出了金属药型罩的最佳锥顶角，初步确定了燃烧室内径和喷喉尺寸，使战斗部以最少的药量，满足了破甲威力的要求，逐步闯过了在常温下能拿在手中发射的难关。

接踵而来的一大难关，是"小火箭"对高低温的适应问题。

郑建中回忆说：

为了攻克这一难关，我们进行多次试验，但是都失败了。

面对这种复杂的情况，郑建中和他的同事们冷静下来，认真分析原因，他们再次详细地进行内弹道计算，更换了发动机材料，改进了加工工艺，还改变药档形状，扩大通气面积。

在这些措施的综合作用下，郑建中等人终于实现了在零下40摄氏度和零上50摄氏度之间都能达到手持发射的要求，满足了设计的战术技术指标。

郑建中后来十分自豪地说：

在研制"小火箭"过程中，我们还依靠艰苦奋斗精神，克服了科研条件差、设备不足的困难。

郑建中和他的同事们在做"小火箭"高低温试验时，按常规就得有恒温设备，可是他们没有。要安装一套这样的设备，得花好几万元，而且时间会拖得很长。去外单位试验，条件又不允许。

经过反复研究，他们采取了一个很简单的办法：找一只盛开水的保温桶，装上50摄氏度的热水，然后把"小火箭"用塑料袋密封起来，泡到热水里。这样，既科学，又经济。经过试验，效果挺不错。

"小火箭"试制初告成功后，郑建中和他的同事们立刻向军区工程兵首长刘续昆主任、江水副主任、赵振国参谋长进行了发射汇报，他们看了非常高兴，并及时安排向北京军区李德生司令员、马卫华副司令员等首长作了汇报，首长们都给予热情的鼓励。

很快，上级组织安排郑建中等人使用新研制的"小火箭"进行打坦克试验。

1973年10月，郑建中等人奉命参加打坦克演习。

郑建中在现场组织10名射手发射手持"小火箭"，10发全部命中坦克靶，当场受到叶剑英副主席等中央首长的赞扬。

10月18日，叶剑英在接见反坦克演习代表时，十分高兴地说：

今天我们看见了一种电筒式火箭，这是北

陆战武器

京军区部队创造的。这个东西是我们军队的大发明，这是个贡献。

叶剑英还指示要多搞一些打坦克的办法，在使用中加以鉴别，发现问题，逐步完善定型，一代一代向前发展。

根据叶剑英的指示，国务院国防工办和总后勤部于1974年联合下发文件，安排五四四四厂、五四一三厂、一九七厂协作试制"小火箭"。

北京军区工程兵指定张宝钢参谋长专管。

1975年4月，试制人员在某基地进行了试验，其破甲、精度、直射距离等都达到了战术技术要求。

杨成武、李达、彭绍辉、陈士荣、李德生、马卫华等总部、军委工程兵和军区首长多次观看了试制人员的汇报表演。

在一次手持无依托射击表演中，射手彭德奎站在靶场正中央，不慌不忙地伸出持"小火箭"的右手，经过概略瞄准后发射了5发，首发命中山上目标，总部首长们都拍手称赞。

1978年，"小火箭"顺利地通过了工厂鉴定和国家靶场定型试验。

二、 海战武器

● 彭历生说："仿制不是目的，仿制只是手段，自行设计才是目的。"

● 彭历生说："我们就靠这两台计算机，整整算了一年，硬是算出几十本，强度计算报告多达 1000 页……"

● 贺晋年说："水陆坦克的研制是我们勇于探索的又一例证。"

新中国第一枚海防导弹诞生

1966 年 11 月，我国第一批海防导弹"上游 1 号"以 9 发 9 中的好成绩顺利通过鉴定试验，标志着海防导弹研制的成功。

当年全程参与新中国第一枚海防导弹研制工作的南昌洪都集团退休工程师彭历生老人，当年担任强度组的负责工作，他至今还对新中国第一枚海防导弹的诞生与试射过程难以忘怀。

彭历生老人详细介绍了我国研制第一枚海防导弹的时代背景，他回忆说：

20 世纪 50 年代末，我国近海海域受到美国舰队的封锁，而对抗这种封锁最有效的办法就是发展我国的海防舰对舰导弹。

1958 年，造导弹被提上议事日程。

当时，我国政府特派代表团前往苏联与之协商，最终两国签订了一份"关于苏联向中国提供国防新技术援助"的协议，协议中除了其他国防武器外，有三种导弹的合作协议最特别：一种是潜射型，一种是地对地型，还有一种就是"冥河"型舰对舰飞航式海防导弹。

飞航式导弹与飞机制造在技术和工艺上有许多相似之处，因此，中央决定"冥河"型导弹的研制任务由航空工业部门承担，并且定名为"上游1号"。

1960年3月24日，二机部四局以密字文件正式把仿制"上游1号"的任务交给三二〇厂。

1960年3月，三二〇厂正式接受承担仿制"上游1号"的任务。

因为办公地点的楼上是当时三二〇厂的四车间，出于保密的考虑，三二〇厂被称为"四零"办公室。

彭历生说："由于涉及导弹研制，'四零'办公室的保密工作极其严格。"

据彭历生后来回忆：

> 那个时候我们的研制工作是绝密级别的，你看的资料别人不能看，别人借出来的资料你也不能看，还不定时会有保卫人员来检查。保卫人员如果看到你把资料随便乱放，或者资料在桌上而人不在，就要受处分。
>
> 曾经有个来实习的大学生去上厕所时把资料放在桌上，被保卫人员发现后就受了处分。

1961年，"上游1号"被列入暂缓上马的项目，研制工作缓下来，直到1963年才重新上马。

海战武器

在暂缓上马的那几年里，因为没有正式投入生产，所以研制人员一直在做准备，消化资料掌握技术。

彭历生后来说：

> 当时，有一个很明确的指导思想，包括部里的领导也提出，仿制不是目的，仿制只是手段，自行设计才是目的。

当时，中国学导弹的技术人员很少，参加"上游1号"研制工作的人员是从各个技术岗位上抽调而来的。

刚开始的时候，研制人员里只有主任、副主任以及一个设计方面的大学生，没有人懂导弹。

后来，彭历生回忆说：

> 因为导弹内部有自动驾驶仪，涉及无线电方面的设计，因此成立了一个雷达班，把所有的中专生，不管你原来学的是什么，全部分在这个班，进行互教互学，就是这样培养出了第一批导弹技术人才。

这些导弹技术人才怀着报效祖国的强烈愿望，以百倍的热情，投身到研制导弹的工作中。

研制导弹尾翼的时候，科研人员历经上千次实验，才获得成功。

导弹在海上飞行过程中，要做出各种定位动作，前后摇摆幅度很大，受力也就大，那么材料的强度就需要计算出来。

当时，"四零"办公室下面有很多分室，彭历生在设计室强度组负责工作。当时只有两台计算机，一台是解放前美国留下的老式电动计算机，不太好用，还有一台是"飞鱼牌"手摇计算机。就靠这两台计算机，整整算了一年，硬是算出几十本，强度计算报告多达1000页。

1963年，"上游1号"开始进入生产零部件阶段。然而，这时生产工艺上还有很多关键问题没有解决，比如弹头罩，既要能够发出雷达波，飞行过程中还要能够承受空气的压力，而苏联提供的图纸上只写着"玻璃缸、泡沫塑料"以及几个数据，技术人员根本搞不懂是什么意思，只好到处调研，请教专家。

在采用各种材料进行试验、反复做了几百个试验品后，直到1963年项目重新上马时，才基本上把弹头罩做出来。

此外，导弹的尾翼也没有相关数据，很难制作，于是"四零"办公室又专门成立了专案组，干部、技术员、工人、翻译一起加班加点，到处找资料。

最后，专案组人员才从国外的一本杂志上看到相关资料，他们借鉴着进行设计、试制。但是一直都解决得不太好，经过上千次的试验，到1966年前夕才基本符合

海战武器

要求。

1964 年年底，第一批模拟弹终于生产出来了。然而，大家都清醒地意识到样弹出来并不代表仿制就已经成功，还需要经过多次的试射，只有试射成功后，才能最终定型。

彭历生至今还对第一次试射记忆犹新，他说：

我记得当时是专门从军用运输部门调度来的车厢，通过火车运输到甘肃和内蒙古交界的一个靶场去打试验弹。沿途武装押运，路上各地的铁路公安负责保卫工作，我们自己也有军警人员押运。

第一次试射的模拟弹外形和真弹一模一样，因为第一次试射不知道会出现什么状况，所以除了外壳和火箭助推器之外，其他都是假的，内部的各种零件、战斗部件等全部是等量的配重。

当时，导弹是在舰艇模型上发射的，发射过程中需要经过驾驶舱，距离驾驶舱只有三四十厘米，会不会对驾驶舱内的人员产生危险？导弹刚刚离开发射筒的时候，速度只有每秒 30 多米，噪声也非常大，产生的气流也很强，尾焰温度超过 2000 摄氏度，这些会不会对艇上的人员产生伤害？

在没有经过试验的情况下，谁也不敢确定。

此外，舰艇上还有桅杆、雷达等设备，导弹发射时会不会撞到，因此试射时，舰艇上的驾驶舱、雷达、天线也都按照实际比例做成模型，按真实位置摆放，另外在驾驶舱内和发射架旁都放了几只羊，以便观察导弹发射后会不会对它们造成伤害。

试射以后，发现发射架旁边的羊有的被吹跑摔死了，有的被震死了，但是驾驶舱内的羊没有异常。

通过第一次试验发现，导弹发射时没有碰到舰艇上的部件，对驾驶舱内人员没有伤害，证明试射是成功的。

1965 年 8 月至 11 月，在海面舰艇上试射了两次，6 发模拟弹发射试验告捷。

1966 年 4 月至 7 月，又成功地进行了岸对舰及舰对舰的"上游 1 号"遥测弹试验，取得了 6 发 5 中的好成绩，为国产弹正式定型创造了有利条件。

1966 年 11 月，"四零"办公室研制的我国第一批"上游 1 号"海防导弹以 9 发 8 中的好成绩，顺利通过鉴定试验，完全满足了国防科委规定的 9 发 6 中的定型要求。

海防导弹定型委员会认为导弹飞行正常，战术技术性能符合要求。

1966 年 12 月 9 日，海防导弹定型委员会批准"上游 1 号"舰对舰导弹研制定型。

从此，新中国第一枚海防导弹开始为我国国防事业建功立业。

海战武器

第一代水陆坦克定型

1958 年 8 月，国防科委与装甲兵分别给军事工程学院装甲兵工程系和五机部六○设计所下达了研制我国第一代水陆坦克的任务。

任务明确要求：

水陆坦克要适于沿海、湖泊及南方水网地区使用，采用喷水式水上推进。

军事工程学院装甲兵工程系接到任务，立刻作出明确指示：

这是一项国家任务，交给应届毕业学员作为毕业设计任务来完成。

在教研室张克劝教员和一期毕业学员杨楚泉带领下，由二期应届毕业同学赵义堂等组成水陆坦克设计组。

武器专家朱鸿慈当年是军事工程学院装甲兵工程系应届毕业生之一，他亲自参加了六三式水陆坦克的研制工作，他后来回忆说：

我们这些青年人，手上没有起码的资料，全组没有一个人具有从事整车设计的经验，喷水式水上推进装置更无一人见过，坦克教材中也没讲过水陆坦克理论。唯一的一份参考资料，是系的一位领导从杂志上弄来的一张喷水水道图。

面对这一困难，朱鸿慈和他的战友们决心大胆地从零开始，勇敢承担起设计水陆坦克光荣而艰巨的任务。

为了摸清喷水推进器在水上的操纵性和它的具体结构形式，这些年轻人在一辆破旧的英国维克斯单螺旋桨水陆车上装了一台单喷管水上推进装置，并巧妙地让喷嘴360度转向，来实现车辆水上转向、倒车操纵。

为了了解设计方案的水上实际状况，科研人员在松花江上进行实验。

朱鸿慈的同学唐家固第一个冒险跟随驾驶员一道在松花江上进行水上试验。

1958年夏季的一天，在美丽的松花江畔，维克斯车隆隆开到江边，又停了下来。驾驶员探出头来看了看滚滚而去的江水，忍不住又回头看了看站在江堤上的科研人员。研究员唐家固一看，几步来到车边，跳上车去，他决意要和驾驶员一起同舟共济。

维克斯车吐出一阵黑烟，隆隆地叫着，滑进了江水，像一只笨重的钢铁怪物破浪而行。

海战武器

岸上的游人看得有趣，可科研人员的心都提到了嗓子眼。维克斯车太老了，老得大家心里都没底。

实验命令下达时，维克斯车的驾驶员有些担心，不停地问科研人员："这能行吗？"

装甲战这一几十吨重的钢铁家伙，一旦沉入江中，连个声响都不会有。于是，设计师们在一旁一个劲儿地给驾驶员打气。

老维克斯在江面上"嗡嗡"地前进，后退，转向，做 S 形航行，车后击起浪花，带出长长的航迹。

湿淋淋的老维克斯车终于回到江岸上，科研人员高兴得跳起来，紧紧地拥抱在一起。

在这次试验中，唐家固亲自操纵喷水方向，实现了水上灵巧转向，证明了喷水推进设想方案的可行性，给整个设计组带来了极大鼓舞。

接着，科研人员针对实验中出现的问题进行改进，不久，一个较为完善的水上喷水推进器设计方案形成了。

在军事工程学院装甲兵工程系的师生们经过两个月的奋战拿出总体设计方案的同时，六〇所也提出了"水道纵贯全车"的设计方案。

1958 年 11 月，军事工程学院装甲兵工程系和五机部六〇所两个组分别携带设计方案进京评比。

评比结果，认为军事工程学院装甲兵工程系的师生们的方案有以下优点：比较现实可行，易于满足战术技术要求；布置较合理，总体性能较优越；利用车体本身排水量提供浮力，水道部分损失的排水量比水道纵贯全车方案小；方案考虑比较全面细致，不仅考虑了总体布置，也考虑了重要部件的具体结构。

评比的结果，军事工程学院装甲兵工程系的方案胜出，学院的小伙子们再次欢呼着拥抱在一起。

不久，国防科委与装甲兵决定，将两个组合并，以军事工程学院装甲兵工程系的方案为基础，共同赴北京长辛店，设计出详细的方案，并确定由六一五厂承担试制任务。

这样，设计组又增加了六〇所的同志，由张克劝和六〇所工程师邓朝柱负责，并聘请水陆坦克团的修理助理员做顾问。

11 月 21 日，科研人员携带完成的设计方案赴六一五厂开展施工设计与研制。

在研制过程中，科研人员不仅刻苦钻研，勤奋工作，而且开动脑筋，大力发扬自主创新精神。

1958 年 11 月底，我国引进苏联先进的水陆坦克。当时，设计组把这种坦克作为唯一的参考资料和母型车。但是，我国的研制人员没有简单地模仿和照搬苏联的先进技术，而是取其所长，为我所用，十分坚定地走自己的道路。

由于时间紧迫，采取了边设计边试制的方式，设计室迁进了厂房，设计人员下到各车间、工段。

当时景象非常奇特壮观，车间机床 24 小时不停地运

海战武器

转，设计室里整夜灯火通明。

大忙之时，设计人员曾经两昼夜连续奋战在设计室和加工、装配现场。大家都忘记了疲劳。

当时，朱鸿慈是负责传动部分设计任务的，变速箱体的设计到木模加工都十分复杂。为了更快更好地攻克这一难关，他干脆和木模车间工人师傅一起干，并及时和下一道浇铸工序的工程师和老师傅一起研究浇帽口的合理位置与各部壁厚的合理尺寸。

经过几昼夜的努力，一个复杂的表体木模圆满完成，并保证了浇铸一次成功。

可是第一台样车试车不久，变速箱被打坏了，经仔细分析，是挂双挡造成的。

大家认真总结经验教训，经过反复改进，终于研制出性能良好的方案。

1961 年 3 月至 5 月，全组同时展开艰苦的攻关战斗。即进行喷管喷口与推力试验、水上试验、废气引射与水道夹层试验。

水上试车非常辛苦。车辆行驶在水面上，烈日炎炎，人无处遮凉，雨打来时，人无地躲藏。人们头顶蓝天，脚踏甲板，艰苦奋战，终于攻克一道道难关，解决了最佳喷管喷口长径比，制定出了效率最高的叶轮螺距与导向叶片匹配方案，硬是把拉力在原有基础上提高了，使水上航速高达 11.5 公里每小时。

这个速度已经是世界上同时期水陆坦克水上行驶的

最高速度。

整个研制工作，经过多次反复试验修改，终于取得成功。

在设计组齐心协力下，在装甲兵科学技术研究院、六〇所、六一五厂、二五六厂等单位的广大工人、技术人员的大力支持下，1963 年 5 月完成设计定型，完成了我国第一代水陆坦克的研制任务。

朱鸿慈十分欣慰地说：

六三式水陆坦克，具有我国自己的特色。我们终于在苦战中闯过了难关，登上了胜利的险峰。

朱鸿慈在谈到水陆坦克的研制时，深有感触地说：

水陆坦克的研制成功是在中央首长的亲切关怀下，大家团结协作、无私奉献才取得的。

1959 年 11 月 25 日，朱德、贺龙、陈毅、罗荣桓、叶剑英元帅，陈赓、许光达大将等首长，亲临战斗车辆汇报表演现场，参观了水陆坦克性能表演。

1959 年 8 月，副总参谋长杨成武亲临北京十三陵水库视察水陆坦克水上试验。

1959 年 12 月，广州表演试车，张爱萍副总

海战武器

参谋长亲临视察并提出具体修改意见。

1961年2月，装甲兵贺晋年副司令员在上海主持召开了水陆坦克设计方案审定会议，研究改进措施，提出了重要的研制原则和工作方法，为整个研制工作的顺利进展和夺取最后胜利奠定了基础。

同时，装甲兵技术部麻志皓副部长、装甲兵研究所陈捷夫副所长都深入研制试验第一线，共同研究解决有关技术问题。

1961年5月，装甲兵贺晋年副司令员亲自主持苏州设计定案会。

1961年6月，装甲兵贺晋年副司令员、麻志皓副部长、研究所宋昆所长、陈捷夫副所长等20余位领导和专家亲临北京香山，对改进方案进行审查。

朱鸿慈回首往事，感慨万千，他激动地说：

各级首长的亲切关怀、热情支持、正确领导、具体帮助，是我们研制工作方向正、进展快的根本保证。

朱鸿慈还满怀深情地谈到研制人员的无私奉献精神，他说：

当时的设计组大约39人，另有12名描图人员配合，从1958年11月23日到1959年2月底，完成了全车50个组的艰巨设计任务，共设计全新图纸5000余张，审查研究后借用其他车型图纸600余张，编写目录312份，编写其他技术文件和说明书数十份。

这几十人的战斗小组，只是在完成这么庞大的工作量后，才作了一天的休整。

记得我在一张集体合影的照片上题了一首诗：

秦岭脚下伏虎，

渭水河上卧龙，

为海马南北怒吼，

沈镇喜聚群雄。

这几句话，深刻地反映了这些无名英雄的奉献精神。

朱鸿慈说："当时，军队、地方、工厂、研究所之间，主动协作，蔚然成风。正是这种团结协作、无私奉献的高贵精神，才使水陆坦克的研制获得成功，并于1963年5月设计定型。"

当时担任装甲兵副司令员的贺晋年一直对我国第一代水陆坦克的研制记忆犹新，他后来说："水陆坦克的研制是我们勇于探索的又一例证。"

海战武器

水陆坦克横渡琼州海峡

1966 年年初，国防科委和装甲兵总部决定：

> 由装甲兵科学技术研究院牵头，二五六厂、
> 独立坦克第四团参加，进行六三式水陆坦克进
> 行横渡琼州海峡的实验。

1966 年 2 月，参试人员在海口集中。

临时党支部的成员们一方面为大家甘于奉献、不怕
牺牲的精神而感动，另一方面也认识到，人们对试验缺
乏安全感。

为了让人们对试验更有信心，临时党支部号召大家
为安全横渡集思广益、献计献策。

经过讨论，最后决定采取加强坦克密封、排水的安
全措施，从而增强了同志们的信心。

与此同时，参试人员还对登陆地段进行了现场勘察，
请海军同志介绍了海峡情况，确定了横渡的路线。

临时党支部还组织进行了海上适应性训练和潜水
训练。

水陆坦克曾在太湖等内陆江湖进行过涉水实验，但
相比于大海，风浪要小得多，人驾驶坦克时也会舒服

得多。

舒服了就拿不出所需的实验数据。但也不能直接开着坦克下海。

实验领导小组首先进行了适应性训练。

适应性训练时，为了模拟坦克密封车体内的渡海环境，坦克乘员组及测试组人员搭乘机帆船，在船舱底部密闭环境下出海。

海上风急浪大，机帆船在波峰浪谷中被抛上抛下，人站在空气通畅的甲板上都会晕船，而参试人员却要被封闭在舱底。

船下海后不到半小时，舱底的人就个个呕吐不止，有的同志手把着水桶连续呕吐。

人们靠在舱壁上一分一秒地坚持着。

上岸后，从舱底出来的人在沙滩上寸步难移。

想到肩负的光荣使命，他们休息后又钻进憋闷的底舱，继续训练。

经过多次训练后，他们的适应性显著提高了。

潜水训练的难度也很大。海南的 2 月天气，地面上的气温虽然较高，但 10 多米深的水下温度却很低。

每次潜水，人们在水下要停留半个小时左右。半个小时里，水面上牵线的人能清楚地感觉到从绳子上传来的颤抖，那是水下的人被冻得直哆嗦，越到后面，颤抖越厉害。

但是，同志们宁可多受一点苦，也绝不提前上岸。

海战武器

在人员进行训练的同时，为了保证试验的顺利进行，参试人员下大力进行车辆技术准备工作。

千方百计加强密封、排水措施，并在车内安装了必要的测试仪器等。

3月7日，提前完成了坦克下海前的一切准备工作。

3月8日，开始横渡海峡训练。

这时，一直在关注试验的总参谋部指示：

试验一定要保证安全。

遵照这个指示，试验领导小组确定了海上训练的步骤：

先近后远，由浅到深，逐步向海峡纵深发展；

先摸索水陆坦克密封、排水性能和海上稳定性，后做海上抢救、拖航试验，海上航行操作训练和试验；

再进行海上航行时搭载步兵、噪声传播距离、空中观察、雷达搜索等试验。

在选择天气环境时，也要由小风浪逐步向大风浪过渡。

琼州海峡宽潮流强烈，水层混浊，横渡的风险极大。

所有参试人员都没有退缩，英勇顽强、机智灵活地一次次战胜了风浪，克服了种种困难，胜利完成了渡海训练。

从8日到30日，水陆坦克先后下水13次，一般持续航行时间 3 到 4 小时。

试验在距岸约 1000 米处进行，坦克顶着半米到 1 米多高的海浪前进。

3 月 31 日，晴空万里，阳光普照。

为了确保横渡安全，首先进行了两次拖救试验。

当水陆坦克到达海峡中部时，风浪等级仍然较低。这时，试验领导小组当机立断，决定水陆坦克向海峡对岸开进。

官兵面对大海，义无反顾地驾驶两辆铁骑向深海驶去，车后犁出两道白色的浪花。

在海军舰艇的护航下，全体乘员全力以赴，水陆坦克顺利登陆。

护航的海军战友们自豪地说："我们的坦克创造了奇迹！"

这次试航，用了三个半小时，机件工作正常。

通过上述实践取得经验后，试验领导小组决定：

在难度较大的条件下进行正式横渡琼州海峡试验，以考察车辆海上作战的性能。

4 月 6 日，大家盼望已久的正式横渡琼州海峡的日子到来了。

这天，天空晴朗。

坦克在蓝色的海浪中劈开两道白色的浪花，浪花从坦克首部掀起，飞溅到坦克尾部。

与其说坦克在水面上航行，倒不如说坦克实际是在海浪中穿行。

坦克在浩瀚的大海之中时隐时现，破浪前进。

起航后不久，海峡忽然起了大雾，只听见海浪呼啸，却看不见海浪翻滚，直到海浪拍打着车身，大家才惊觉海浪袭来。

战车乘风破浪，横渡航程 20.5 海里到达彼岸预定登陆点，胜利地完成了我国水陆坦克第一次横渡琼州海峡的壮举。

第一艘国产导弹驱逐舰诞生

1968 年，中国开始着手设计建造自己的导弹驱逐舰。

1970 年年初，时任一〇三长春舰舰长的刘子庚突然接到命令：带领手下完整的人员班子全部赶往大连造船厂，去接收一艘新建的导弹驱逐舰。

1970 年 3 月的一天，刘子庚和舰员们风尘仆仆地赶到大连造船厂。

在船坞里，当新建的战舰以威武的姿态出现在刘子庚的面前时，刘子庚的眼睛顿时湿润了。

当时，虽然驱逐舰已经问世半个多世纪，但在我国海军的舰艇部队里，还没有一艘国产驱逐舰。

当时，我们引以为荣的仍是 20 世纪 50 年代从苏联进口的"四大金刚"：一〇一"鞍山"舰、一〇二"抚顺"舰、一〇三"长春"舰、一〇四"太原"舰。

如今，中国终于要有自己研制的驱逐舰了！

当时，舰上的装备来自全国 10 多个省市的上百家工厂，装备仪器生产速度异常缓慢。

为了让这艘国产驱逐舰及早完工，刘子庚召集所有舰员，把他们派往全国各地，主动协助科研和生产单位去催接装备仪器。

这些舰员的足迹踏遍了大半个中国。一年左右的时

海战武器

间，第一艘国产导弹驱逐舰威武的雄姿终于完全展现在大家的面前。

这是中国海军第一艘具备远洋作战能力的大型水面舰艇，标志着中国驱逐舰真正走上了"中国制造"的道路。

一〇五驱逐舰属于二级舰，按地名为舰艇命名的规律，二级舰取名应为地级市，同时为了体现就近拥军的原则，一〇五舰于是被命名为"济南"号。

"济南"舰的第一任舰长刘子庚说："这完全是中国制造，自己设计，材料和设备全部立足于国内。"

毛泽东曾经多次说：

我们一定要建立强大的海军！

以毛泽东为核心的党中央第一代领导集体，对船舶工业寄予殷切希望，对船舶工业和海军建设给予高度重视，这深深激励着中国造船人。

在一穷二白的基础上，中国造船人艰苦创业，奋发图强，依靠自己的力量，研制出我国第一代导弹驱逐舰。

"济南"舰是国产驱逐舰的开山之作，作为国防现代化"装备试验的开路先锋"，它开启了驱逐舰现代化建设的航道。

1970 年 7 月 30 日，"济南"舰首次下水。

1971 年 12 月 31 日，国产第一代导弹驱逐舰首舰

"济南"舰正式加入人民海军的序列。

建成后的一〇五舰，最大排水量3800吨，最大航速38节，作战半径1400海里，抗风能力12级。

一〇五舰区别于其他驱逐舰的一个主要特征就是单层甲板。作为第一艘国产驱逐舰，自然要承担更多的试验任务。

既然是试验，风险也就肯定存在。

在大连、旅顺之间海区进行的一次高速测速试验，当时有两种方案可供选择：一是向左转向，那里海域宽阔，安全可靠，但数据准确性差；二是向右转向近岸航行，危险性大，但数据准确。

刘子庚果断下达了小角度右转向的口令。记录组的同志抓紧时间记下一个个珍贵的数据。

突然，舵机在舰体的高速震动中失灵，战舰像一匹脱缰的野马向岸边的老偏岛冲去。同在舰上的大连造船厂负责人立即操纵仪器紧急刹车。舰停下来时，离小岛仅有200米左右，在场的同志无不捏了一把汗。

在一代代官兵的努力下，一〇五舰航迹遍布渤海、黄海和东海，圆满完成了1000多项新装备试验任务，获得300多万个宝贵数据，先后圆满完成各种新装备和科研项目的试验，为人民海军主战舰的改进、定型、生产作出重大贡献。

作为第一艘国产驱逐舰，"济南"舰承载着党和国家领导人的殷切期望。

海战武器

1979 年，"济南"舰风华正茂。

已经 75 岁高龄的中央军委副主席邓小平登上"济南"舰，进行了长达 6 小时的海防视察。

8 月 2 日，烟台港停泊的所有舰艇全都悬挂"满旗"，以海军的最高礼节欢迎邓小平的到来。

"济南"舰横幅高悬、彩旗飘舞，军容严整的全舰官兵庄严列队，人人脸上写满庄重。

8 时 30 分，邓小平在海军司令员叶飞等领导同志的陪同下，登上"济南"舰。

在指挥台上，邓小平细心地倾听舰长介绍各战位的仪器设备。

邓小平听完介绍，欣慰地点头，连声说：

> 好嘛！好嘛！有了好的装备加上高水平的技术人才，才有坚强的战斗力。

此时，海面飘起淡淡的雾霭。

叶飞的秘书刘国屏后来回忆说：

> 当时，烟台港航道窄，港口渔船多，加之"济南"舰庞大，在这种恶劣情况下，为保证安全是不能出航的。

面对这种恶劣的天气，邓小平却毫不畏缩，他十分平静地说：“现在起航吧。”

庞大的导弹驱逐舰解缆起航，徐徐离开码头。

这次海上航行有六七个小时。

在与水兵们一起乘风破浪、满怀豪情地视察黄海海域时，邓小平亲切地与广大官兵交谈，他多次强调，海洋不是护城河，中国要富强，必须面向世界，面向海洋。

随后，邓小平在舰上为海军挥笔题词：

建立一支强大的具有现代战斗能力的海军。

1983 年，“济南”舰被中央军委授予“海军装备试验的开路先锋”，并荣立集体一等功。

“济南”舰是我国自行设计制造的第一代导弹驱逐舰，也是人民海军拥有的第一种具备远洋作战能力的大型水面作战舰艇。它实现了我国驱逐舰从仿制到自行研制的跨越，它的诞生，在我国导弹驱逐舰发展史上具有重要的意义。

海战武器

研制新中国第一艘潜艇

1953 年，中国开始建造第一代中型常规潜水艇。

江南造船厂接受了建造第一艘潜艇的任务。

造船专家王荣瑛被任命为江南造船厂首任总工程师，组织领导第一批潜艇的建造。

在中国第一代潜艇建造过程中，王荣瑛始终担负着组织生产和技术领导工作。

王荣瑛采用旧厂房改造、旧设备非标改装等措施，解决了潜艇线型放样、大型加工设备短缺以及潜艇耐压壳体液压试验、产品焊接点质量等工艺、技术难题。

1954 年和 1955 年，江南造船厂先后选派 28 名科技人员和技师赴苏学习。苏方为实习人员编排实习计划，有工艺技术课、俄语课、下车间实习课以及参加试验、试航等教学实习活动。船厂选派的科技人员及技师分两批去苏联学习，这些出国学习人员回国后成了中国潜艇建造方面的骨干力量。

1955 年 4 月 14 日，中国第一艘潜艇在上海江南造船厂正式开工建造。我国在苏联的帮助下，首次开工制造新一代〇三型潜艇。

这个日子距第一机械工业部给该厂下达造艇任务的时间，只有半年多的时间。这期间，全厂上下争分夺秒地做了一系列生产技术准备：增添电焊设备、制作胎架、接收苏联进口的物资以及图纸技术文件等。

王荣瑛在与苏联专家的合作中，他不崇洋媚外，坚持"技术引进不照搬，要用科学分析加以消化和提高"的工作方法，带领广大技术人员刻苦钻研，努力攻关，为中国自行研制潜艇作出了重要贡献。

1955年9月，共和国6周年前夕，首制艇完成了大合龙工程，进入耐压壳体试水工艺阶段。这标志着第一个大工艺段落工程的结束。紧接着是非耐压体上层建筑、机电设备、武备、管系、电缆、舾装件等的安装敷设工作。

1956年1月10日上午，毛泽东在上海市市长陈毅等的陪同下，来到潜艇工地，视察正在建造的中国第一艘潜艇。

毛泽东围着船台上的潜艇整整转了一圈，他一边仔细察看潜艇，一边听取技术人员汇报潜艇建造情况，并不时地插话提出一些问题。

这是毛泽东第一次视察潜艇，也是他一生中唯一一次视察潜艇。

3月，中国研制的第一艘潜艇涂装工序完成。

3月26日，江南造船厂厂长郑重签发下水命令。

潜艇经历了两个多月的击泊试验以后，终于迎来了出海试航的日子。

10月中旬的一个晚上，潜艇在夜色中悄然离开江南

海战武器

造船厂，在海军"广州"舰的护航下驶向舟山基地。

第二天下午，潜艇抵达目的地定海军港，试航工作按计划部署开始。

试航海区最后定在北海舰队的旅顺基地。

潜艇在深水中潜航得十分平稳，横倾仪的指针一直指在正中。鱼雷发射试验完全合格。

1957 年 10 月，潜艇加入了共和国海军的舰艇战斗序列中，交付海军部队使用，正式列入服役。

1969 年的 1 月 10 日，在庆祝毛泽东视察"一一五"号潜艇 13 周年之际，海军特授予该艇"56—110"荣誉舷号。这是海军迄今为止唯一授予荣誉舷号的潜艇。

成功研制七三式冲锋舟

1969 年 9 月，军委工程兵科研部给工程兵技术装备研究所下达了班用冲锋舟的研制任务。

任务明确要求：

> 以五八式胶合板折叠舟为基础，研制一种适合于配挂六七式操舟机，能乘载 1 个加强步兵班，用于强渡江河的冲锋舟。其航速、运输量、抗损性能均不能低于五八式胶合板折叠舟。

总参谋部和军委工程兵的领导很重视这项任务，要求工程兵技术装备研究所加快速度，尽快完成研究任务。

当时，六七式操舟机定型并投入批量生产，部队装备的五八式胶合板折叠舟存在着胶合板舟壳体吸水增重、易变形、易腐蚀等严重缺陷，加上因其挂机板高、强度低，配挂六七式操舟机十分困难，所以，急需研制一种与六七式操舟机相配套的冲锋舟。

当年参与研制冲锋舟的陈永明在 1969 年 7 月以前，一直在工程兵技术装备研究所渡河桥梁研究室从事七四式重型舟桥的研制工作。后来，为了使舟桥渡河器材适应现代战争快速机动作战的需要，他奉命调离七四式重

海战武器

型舟桥项目组，投入班式冲锋舟的研制工作。

陈永明后来回忆说：

> 1970年元月，我们项目组人员就下到试制
> 工厂，同上海市的两个厂组成"三结合"研制
> 小组，对冲锋舟的材料、结构形式等进行研究、
> 分析和试验。

经过比较，陈永明和他的同事确定采用玻璃钢制造舟体。因为玻璃钢的强度比热塑性工程塑料高，造出的舟体重量也轻。同时玻璃钢造船的工艺较为成熟，所用的设备也简单，可以加快研制进度。

陈永明等人考虑到要研制的冲锋舟装配式结构复杂，水密性也难以保证，决定先用玻璃钢材料加工整体式、折叠式两种方案的样舟各1艘。经过试验、论证、比较后，再进一步作取舍。

1970年8月，项目组的工作人员完成了方案样舟的设计制造。

经过试验比较，项目组的工作人员认为折叠式方案航行稳定性好、运输体积小、重量轻，因此，他们决定采用折叠式方案。

1970年第四季度，陈永明和他的同事们完成了技术设计。

1971年7月，项目组试制出4条样舟。

8 月份，4 条样舟被运往北京参加工程兵装备体制展览，并在昆明湖上进行操作表演。

1972 年 5 月，陈永明和他的同事们又在镇江地区的长江水面进行 40 个小时的抗风浪强度试验。

陈永明后来说：

在这次试验中，我们发现了很多问题……

6 月份，正值酷暑，陈永明等人不顾天气炎热，认真地对设计作了修改。

接着，第二轮试制开始了。

第二轮试制由上海耀华玻璃厂和秦皇岛工业技术玻璃厂共同承担，两家工厂各自试制两条舟。

同年 12 月，这些试制舟在舟桥某团进行部队试验。

经过 470 公里汽车运输和 100 余小时的抗风浪强度试验，陈永明和他的同事们都认为这次设计的冲锋舟效果比较好。除了板架式尾板强度不足及胶布较差外，在上次试验中暴露出来的问题都得到了解决。

这个结果，让项目组的工作人员都十分高兴。他们的信心更足了。

1973 年元月，研制组又投入第三轮试制。

陈永明后来回忆说：

1973 年 5 月，我们在北京、沈阳、南京和

海战武器

昆明等 4 个军区进行部队试验，对试制的产品进行了全面的考核。

1973 年 10 月，工程兵军工产品定型委员会在工程兵科学试验场对陈永明等人设计出来的冲锋舟进行技术审查。

专家们对这种冲锋舟的各项性能进行了认真检测，结果令人十分满意。

同年 11 月，在无锡召开的"708"会议上，工程兵军工产品定型委员会批准新研制出来的冲锋舟设计定型，并庄重地给它起了一个名字：

1973 年式班用冲锋舟

后来，大家都亲切地把 1973 年式班用冲锋舟简称为"七三式冲锋舟"。

七九式班用冲锋舟诞生

1977 年 2 月，在军委工程兵召开的登陆作战工程保障座谈会上，广州军区提出研制冲锋舟一型的课题。

同年 2 月 23 日，军委工程兵司令部指示陈永明所在的工程兵技术装备研究所，立即派一名或两名科研人员去广州军区共同研究。

军委工程兵司令部还说："冲锋舟一型可作为七三式冲锋舟 D 型装备部队。"

七三式 D 型冲锋舟的研制工作，由广州军区工程兵部牵头，参加研制的还有华南工学院和秦皇岛工业技术玻璃厂等。

1977 年 5 月，由广州军区建筑工程兵某团抽调 40 名干部、战士组成造船队。

与此同时，陈永明也按照上级的安排，前往广州军区参加七三式冲锋舟 D 型的研制工作。

在某厂技术人员和工人师傅的指导下，陈永明等人按照研制组设计的样舟图纸制造了 10 条舟。

同年 8 月，陈永明和他的同事们将其中 6 条舟送交步兵某部，参加广州军区组织的海练。

经过海练的试验，使用部队反映该舟的主要性能基本上能满足渡海登陆的作战需要，但是，他们认为舟体

海战武器

较重，满载吊装时侧板强度不够，变形较大。

军委工程兵对使用部队的意见极为重视，立即组织人员进行研究。

陈永明后来回忆说：

> 1978 年 3 月，军委工程兵在广州召开冲锋舟力型战术技术和方案论证会，专门讨论并确定了战术技术性能指标。
>
> 会议认为采用玻璃钢整体结构、叠载运输是合理的，但舟体线型应经过模型试验之后确定。

同年 4 月，军委工程兵在上海交通大学船模水池进行了 5 种线型船模的水阻力试验与有无压浪板的对比试验。

陈永明后来回忆说：

> 这次试验收效很大，不仅选取了较为理想的船型，而且通过试验还发现在几个线型的船模上增加适当尺度的压浪板对提高航速可产生较为明显的效果。

此后，陈永明等人根据使用部队的意见、战术技术要求和船模试验的结果，对原方案的样舟在结构、外侧加设防溅条和压浪板等方面进行了较大的改进。

不久，广州军区工程兵造船队按修改后的图纸，又建造了4条方案样舟。

9月份，正值菊花盛开的金秋时节，军委工程兵在广州对新制造的样舟进行摸底试验。

试验表明：

改进后的第二轮方案样舟与第一轮样舟相比，其航行平稳，航速提高20%左右，舟体强度和刚度有较大提高。其主要性能基本上达到了总参谋部批准的战术技术指标。

陈永明和他的同事们脸上都露出欣喜的笑容。此时此刻，他们沉浸在胜利的喜悦之中……

1978年10月，冲锋舟B型交某厂进行产品试制。

1979年5月，试制出来的10条舟发往福州和沈阳军区部队进行试验。

试验部队对这些新舟十分满意，他们兴奋地说："这些冲锋舟航速快、稳定性好、抗沉性能强，即使舟内灌满水，12名乘员还可以在舟内操桨划行。"

1979年8月28日，工程兵军工产品定型委员会在福州召开冲锋舟一型技术审查会。

审查会上的专家十分满意地说：

这种冲锋舟具有线型好、阻力小、结构简单、操纵灵活、航行平稳、抗沉性能强；成型工艺方便，容易维护保养；防腐和抗老化性能良好，便于长期存放等优点。

同年 10 月，正值秋风送爽时节，工程兵军工产品定型委员会在兰州召开会议。

会议经过仔细审定，正式批准陈永明等人设计的新式冲锋舟设计定型。

专家们经过讨论，庄重地为这种新式冲锋舟命名为"1979 年式班用冲锋舟"，简称"七九式冲锋舟"。

不久，"七九式冲锋舟"成为深受我国海军部队欢迎的一种新式武器。

三、 空战武器

● 张天禄后来回忆说："到了之后，我才知道自己是被派来搞飞机修理和飞机制造的。当时心里激动万分，却又忐忑不安。"

● 叶绪仑老人回忆起当年的情景，十分激动地说："当时，全厂上下人心振奋！"

● 经过由远及近的下滑，飞机准确地徐徐降落。驾驶员兴奋地说："机件性能良好，试飞一切顺利。"

研制新中国第一架教练机

1954 年 7 月 3 日，由试飞员段祥禄和刁家平驾驶新中国第一架自己制造的飞机，即"初教 – 5"飞机，在南昌腾空而起，飞上了祖国的蓝天。

这次壮举，标志着中国由修理飞机到仿制飞机的历史性突破。

中国南昌洪都航空工业集团在当年新中国第一架飞机成功起飞的地方。

在洪都航空工业集团这里，如今几位已是满头银发的新中国航空工业元勋们向我们讲述了一段尘封已久的往事。

张天禄、叶绪仑、余传玮、苏敏都是当年参与第一架飞机制造的技术骨干及安全保卫人员。他们在谈到新中国研制第一架飞机时，说：

1950 年抗美援朝时，我国几名飞行员都被派往朝鲜战场，当时在朝鲜成立了几个航校进行战时飞行员培训，新中国最初的几名飞行员也是在那个时候培养出来的。

尽管当时新中国的航空工业几乎没有任何基础，但面对帝国主义的嚣张气焰和国内外一些反动势力企图破坏新中国的阴谋，党中央还是毅然作出决策：建立自己的航空工业，制造自己的飞机！

在抗美援朝战争初期，党中央根据当时的现实情况，规划了中国航空工业发展的路线：先修理再制造。

1951 年 4 月 17 日，中央作出《关于航空工业建设的决定》。从国外归来的专家、学者和国内工程师、技术人员纷纷集中，听候调遣。

接着，政务院作出如下决定：

航空工业重心建在南昌，对内叫番号"三二〇厂"，对外交往称"洪都机械厂"。

将南京国民党留下的航空配件厂 347 台设备和 1123 吨物资运往南昌，同时将几百名熟练技工调往南昌，予以合并。

在南昌工厂旁边，开办一所"江西省技术工人养成学校"，第一批招生 1000 人，上午学理论，下午进厂实习，以最快速度加紧培训技术人才，满足工厂急需。

张天禄后来回忆说：

当时，这些制造飞机的决策与规划都属于

国家军事机密，以至于当时突然把我从重庆调到南昌来，我都不知道要来做什么。

如今八十高龄的张天禄老人至今还对当时的情景记忆犹新。

那是 1952 年 7 月 6 日，张天禄和往常一样，准时到重庆——○钢铁厂上班。

当时，张天禄是厂里的一名骨干技术人员。

中午，张天禄突然接到厂里的通知，因工作需要，组织上要调他到别处工作。吃了午饭他就立即赶到西南军事委员会报到。

到底要被调到哪里去？要去干什么工作？张天禄不知道，也不允许问，更没有人告诉他半点内情。

张天禄后来说：

我到了西南军事委员会后，第二天就被安排坐上了一艘从重庆开出的轮船，坐了整整两天，又换乘汽车抵达南昌三二○厂。

到了三二○厂之后，张天禄才知道自己是被派来搞飞机修理和飞机制造的。

当时，张天禄心里激动万分，却又忐忑不安，激动的是自己的青春岁月将与新中国的航空事业紧密相连，忐忑的是自己连飞机都没摸过，飞机有哪些零部件都搞不清楚，怎么进行工作？

张天禄很快接到一项工作任务：担任三二〇厂型架车间副主任，负责飞机修理的型架制作。

和张天禄一样，叶绪仑、余传玮、苏敏也是突然被调到三二〇厂来的。

叶绪仑当时负责飞机修理资料总翻译。

叶绪仑后来说：

> 接到调令，我心里就在想，要去的地方肯定与飞机有关，因为我当时就在苏联飞机专家身边做翻译工作。

果然不出叶绪仑所料，他是前来担任厂里苏联飞机修理资料翻译的总顾问。

在调到三二〇厂之前，叶绪仑已是航空工业部的高级技术人员，当时汇集到三二〇厂的数千人中，像他这样懂飞机的技术人员少之又少。

共和国的航空元勋们仅用两年时间就分别创建了南昌三二〇厂、哈尔滨一二二厂、大连一一二厂主要的航空工业基地。其中三二〇厂以教练机的修理和研制为主。

据苏敏老人回忆：

> 当时，人员是从全国各个工厂调来的，有造船厂的，有钢铁厂的，有铁路上的。
>
> 当时三二〇厂几千技术人员来自五湖四海、各行各业，几乎都是搞飞机的外行。

空战武器

三二〇厂建厂之初，工作和生活条件异常艰苦，几间厂房是在废弃的工厂厂房基础上改建的，职工没有房子住，住在简易的棚子里。

夏天，南昌的蚊子特别多，许多从北方调来的技术人员一开始简直无法忍受。

苏敏老人回忆说：

当时的困难是现在所无法想象的！我们这些钳工、车工、钣金工凑在一起生产飞机，新中国第一架飞机硬是从我们这些人的手里飞上了蓝天！

从1951年7月建厂到新中国第一架飞机诞生，陆陆续续有近3000名各类技术人员从全国各地调到三二〇厂。大家从飞机修理着手，积聚飞机制造的理论和实践知识，这个过程在三二〇厂只用了两年左右的时间。

三二〇厂制造新中国第一架飞机是从修理苏联飞机开始起步的。

当时，全体职工以极大的工作热情一边建厂、一边生产、一边修理。

三二〇厂修理的飞机都是来自朝鲜战场上损坏的苏联飞机，主要是教练机型。

1951年9月21日"雅克-18"飞机第一次进厂修

理，这是雅克夫列夫 20 世纪 40 年代设计的一种教练机，也是新中国空军最初的教练机。

当时担任工具车间主任的余传玮后来回忆起当时的情景，他十分感慨地说：

> 我们开始制造飞机的时候，条件真是艰苦啊！

当时，机械加工主要集中在"八角亭"式的厂房内，而飞机的修理、热处理、表面处理等则都挤在一个 2500 平方米的机棚内。

由于没有图纸和资料，修理全凭经验。有些钣金件和蒙布损伤，无法更换，只能采取挖补的办法。

热处理只有一个锻工出身的老师傅带两个学徒，技术员只有几个人，调度员仅有一个。

可是，大家都心怀崇高的使命感，在苏联专家的指导下，从修理飞机入手，一点点学，一点点积累，艰难而又满怀信心地朝着为制造新中国自己的飞机这一目标坚定迈进。

当时，飞机哪个零件坏了，就拿到设计科，由设计科人员画出图纸来，他们再拿图纸去比照，做出零件装到飞机上去。大的部件坏了，只能把它抬到设计科，由设计科拿去测绘，然后拿到型架车间去做型架，再去制造。

到 1951 年年底，三二〇厂已成功修好"雅克 – 18"飞机 38 架。其中交付部队 19 架。

空战武器

1952 年起，4 种比"雅克－18"的结构更为复杂的飞机也转到三二〇厂进行修理。其中包括"雅克－11"中级教练机。

这 4 种飞机的结构、系统和机载设备比"雅克－18"要复杂得多。但是，大家克服重重困难，担负起了这一艰巨任务。

当时，修理飞机所需的一种特殊仰角工具成了一个让人头疼的难题。这个工具形状复杂，内部不规则。要靠手工作业一点一点抠打出来，非常艰难。

工具车间的同志连吃饭都在想这个难题，最终把这个奇形怪状的工具造出来了。

最难的还是机身。雅克飞机在当时是一种技术比较高的机型，机身采用骨架布包，喷漆焊接。其中的热胀冷缩很难控制，任何一道工序达不到技术要求就难以保障整机的协调。

通过三二〇厂全厂技术人员的艰苦攻关，到 1953 年，这项技术有了充分保障。

与此同时，三二〇厂开始有计划地组织零部件的试制。

到 1952 年年底，工厂全年完成 148 架飞机的修理任务，试制成功了 38 项主要零部件。

几位老人在谈到修理飞机的时候，他们都说：

扩大飞机修理、试制零配件的过程，实际上就是学习掌握飞机制造专业技术的过程。

1951 年，我们通过修理飞机主要是锻炼掌握飞机装配调试技术。1952 年，我们扩大飞机修理范围，进入试制零配件阶段，主要掌握飞机零件、组合件的专业加工技术，从而培养出一批飞机专业技术人才，为制造飞机打下了坚实基础。

后来，张天禄老人十分自豪地说："到 1952 年我们不仅可以自己测绘零件、部件，而且能够做零件、部件！"

1953 年，三二〇厂开始尝试由修理转向制造，并生产了一架过渡机。

这架过渡机是三二〇厂全体干部职工心血的结果，它的诞生，对于新中国研制第一架飞机具有重要的意义。

张天禄后来说："那架飞机除机身之外，里面的零部件有很多是我们自己制造的，所以我们定名为过渡机，当时叫'320 号'。"

1953 年 4 月 29 日，这架过渡机进行试飞。

经过 50 个起落、18 个小时飞行，过渡机获得成功。这证明制造新中国第一架飞机的条件已经成熟。

空战武器

试制生产首批教练机整机

1953 年年底，第二机械工业部部长赵尔陆到工厂视察，三二〇厂领导在汇报工作时提出：

经过 5 种飞机的修理和修理用零部件的制造，全厂已经拥有一定的生产能力，大体上具备了整机制造的基础。他们提出了提前进行"雅克 – 18"整机试制的要求。

1954 年 4 月 1 日，三二〇厂获批提前生产"初教 – 5"飞机。

当时，新中国正在制订第一个五年计划，这架飞机的制造也被纳入五年计划之中。

三二〇厂编制了试制总进度计划，提出响亮的口号：

为制造祖国第一架品质优良的飞机而奋斗！

叶绪仑老人回忆起当年的情景，十分激动地说：

当时，全厂上下人心振奋！

据叶绪仑老人回忆：

　　1954 年 2 月，苏联全套"雅克－18"飞机的图纸全部到厂。经过比对核实，厂里在修理飞机过程中 40% 自己测绘的图纸可以用，所以第一架飞机 60% 的图纸采用的是苏联图纸。经过近 20 个昼夜的连续奋战，对全机 2653 份图纸进行了逐项仔细比对，并重新描绘 1067 份图纸。

张天禄老人也回忆说：

　　当时做机翼真是不容易的啊！那时没有专门的机床，用的是锉刀，模型制作完全是靠手工，堆了整整一大库房的模型都是这样做出来的。

1954 年 5 月初，三二〇厂完成第一架飞机的全部部件。

第一架飞机是试验用的，因此，还不能算是我国的第一架正式飞机。

5 月 12 日，首架"初教－5"全机静力试验取得圆满成功。

6 月 21 日，三二〇厂又相继完成第二架飞机的部件。

据当时在三二〇厂担任统计员的冯都后来回忆：

当时，中央第二机械工业部要求厂里把1955 年实现飞机上天的计划，提前到 1954 年夏天完成。时间紧、任务重、技术要求高，又面临诸多困难，厂党委组织全体职工刻苦学习，忘我工作。

设计部门耗费 20 多公斤白纸，描绘出 17 个系统、1067 份图纸。各车间开展声势浩大的挑应战竞赛，每天 24 小时分三班昼夜作业，做到人停机器不停。许多职工连续 30 多小时不下生产第一线。整机装配车间成立技术攻关小组，土法上马奋战 9 昼夜，胜利排除了最棘手的技术难点。

通过静电检验，飞机可以交付飞行了……

6 月 30 日，第二架飞机送交试飞。

从零件投入试制算起，这架飞机共历时 57 天。

1954 年 7 月 3 日 17 时 15 分，盛暑火辣的太阳开始西下，首架飞机在对外保密的状态下，进行具有划时代意义的紧张试飞。

三二〇厂的飞机场上，空荡荡，静悄悄，只有几位领导同志、专家组长、设计人员坐在看台上，全厂职工都站在各自的车间、科室外面仰天观看。

驾驶员段祥禄与刁家平登上自制飞机，进行起飞时慢滑、中滑、快滑，陡然腾空而起，昂首冲入云端。

　　人们看见飞机伴着隆隆的声响，像一只雄鹰在蓝天盘旋，忽而迅速上升，忽而垂直俯冲，忽而翻起筋斗，一翻就是四五个，忽而打着横滚，一滚就是五六次。尤其是飞机还未改平，就进入了"失速尾旋"，连翻带滚向下直插，忽而又停止翻滚，以半圆弧线形向上拉了起来，接着轻轻摇摆几下机翼，驾驶员伸出头来向人们致意，全厂职工在不同位置报以热烈掌声。

　　经过由远及近的下滑，飞机准确地徐徐降落。驾驶员兴奋地说："机件性能良好，试飞一切顺利。"

　　在场的厂党委书记兼厂长吴继周说："新中国第一架飞机在我们厂光荣诞生了，这是震撼中外的一件大喜事。"

　　冯都也为新中国有了自己制造的第一架飞机而感到自豪。他深情地回忆说：

　　　　晚饭时，我在厂区4个大食堂看见人们欢呼雀跃，又看见许多人回到家中向亲人们奔走相告，引发我的无限感慨。

　　　　次日，我上班写了一篇《祖国首架飞机在洪都蓝天翱翔》的特写，刊发在车间墙报上。车间领导和同志们看到后大加赞赏，说："小冯读书不多，进步很快。"

从此，我申请把名字改为洪都的谐音"冯都"，以纪念亲身参加首架飞机的制造。

冯都十分激动地说：

我作为第一代航空工业职工，曾有幸参加新中国第一架飞机制造，并目睹这架飞机翱翔蓝天，感到无比自豪。

7月11日，试飞完成全部课目。试飞结果表明，飞机的性能完全符合设计技术指标。

为了对三二〇厂制造的"初教–5"飞机进行鉴定，国家成立了试飞委员会。

7月20日，国家试飞委员会做出鉴定结论：

该厂制造的"初教–5"飞机性能符合苏联资料及技术条件要求，可作为空军航校教练机之用，并认为可以进行成批生产。

毛泽东知道这个消息以后，高兴地说：

自从盘古开天地，三皇五帝到如今，这是一件惊天动地的大事。

7月25日，是我国航空工业史上划时代的日子，三二〇厂万名职工在飞机场隆重举行首架飞机竣工典礼大会。

这天上午晴空万里，三二〇厂的干部和职工们排着整齐的队伍，从生活区穿越生产区，向飞机场进发，按指定位置席地而坐。

临时搭建的大会主席台四周红旗招展，上面悬挂着醒目的横幅：

庆祝第一架飞机制造成功大会！

台上坐着中央二机部、航空工业局、省委、省政府、南昌市及厂领导同志，还有苏联专家组长及夫人。

报社、电台的记者忙个不停。

大会在雄壮的《义勇军进行曲》和鞭炮声中开始，几位领导相继讲话，热烈颂扬我国自制的飞机在军旗升起之地南昌胜利诞生。会场上不时响起一阵阵雷鸣般的掌声。

接着飞机开始以矫健的英姿，在喧天的锣鼓声中再次升上蓝天，先后作了一个小时的飞行表演，一会儿高空翻滚，一会儿低空盘旋，那凌空气势犹如一道亮丽的风景线。

二机部部长赵尔陆高举双拳，在空中挥了三圈，然后在扩音器里连声说："太棒啦！真是太棒啦！"

空战武器

冯都后来回忆说：

> 经历艰苦奋战的广大职工，此时更是兴高采
> 烈，一片欢腾，许多职工动情地流下了热泪，各车
> 间主任紧握身边工人的手，并与技术人员拥抱。

第二天清晨，人们在广播里聆听了新华社播发的《我国自制飞机成功》的重要新闻，《江西日报》和首都报纸都以头版头条登载了这一喜讯。

周恩来在北京获知南昌自制首架飞机胜利成功，并通过国家鉴定，他非常高兴，立即发来贺电，表示热烈祝贺。

1954 年 7 月 26 日，三二〇厂在试飞站隆重举行新中国第一架飞机制造成功庆祝大会。

那天清晨，三二〇厂几千职工怀着无比兴奋的心情，排着整齐的队伍进入会场，走在前面的是胸戴大红花的立功人员代表。

大会主席台设在试飞站正中，两边悬挂着巨幅标语，四周红旗迎风招展。

二机部赵尔陆部长，江西省省长邵式平，省委副书记白栋材，人民解放军空军、海军领导，苏联顾问，兄弟单位的代表及工厂领导、职工代表参加了大会。

大会由赵尔陆部长主持，当他大声地宣布庆祝大会开始时，全场响起雷鸣般的掌声。

接着，在吴继周厂长的陪同下，赵尔陆部长为第一

架飞机起飞剪彩。

这时，三颗绿色信号弹划破长空，停放在起飞坪上的三架军绿色"初教－5"飞机发出轰鸣，腾空而起。

数千双眼睛注视着用自己辛勤汗水浇灌出来的第一批飞机的起飞、编队和作各种特技飞行。

飞机平稳地降落在跑道上以后，人们尽情欢呼！欢呼新中国第一架自制飞机的诞生……

很快，新华社以"光辉的开端"为题，将这一喜讯迅速传遍世界。

8月1日，毛泽东亲笔签署了给三二〇厂全体职工的嘉勉信。

嘉勉信全文如下：

第二机械工业部并转国营三二〇厂全体职工同志们：

7月26日报告阅悉。祝贺你们试制第一架"初教－5"型飞机成功的胜利。这在建立我国飞机制造业和增强国防力量上都是一个良好的开端。

希望你们继续努力，在苏联专家的指导下，进一步地掌握技术和提高质量，保证完成正式生产的任务。

毛泽东

1954 年 8 月 1 日

国家副主席朱德也为三二〇厂题词：

发扬工人阶级积极性、创造性，增强国防，保卫祖国。

8 月 26 日，国防部长彭德怀批示：

同意"初教 – 5"型飞机成批生产。

"初教 – 5"飞机共生产 379 架，多数都交付空、海军使用，为培养、训练中国早期飞行员作出了贡献。

第一架喷气式歼击机升空

1956 年 7 月 19 日，的确是一个让中国人自豪的日子。这天，我国自行试制的第一架喷气式歼击机轰鸣着飞上蓝天。

40 多年的时间过去了，当时担任——二厂总工艺师的罗时达老人，依然对第一架喷气式歼击机的试制过程记忆犹新。谈起当时的情况，老人颇为激动。他说：

> 试制喷气式歼击机，是在掌握了修理和制造零备件技术以后发展起来的。从 1951 年到 1954 年这段时间，我们修理过 200 多架苏制喷气式歼击机，初步掌握了米格型飞机的结构和特点，为试制喷气式歼击机创造了条件。

1954 年 10 月 25 日，苏联同意向我国移交"米格 - 17 埃弗"的制造特许权。同时二机部四局正式下达试制"米格 - 17 埃弗"的命令，并要求在 1957 年 10 月 1 日之前试制出第一架飞机。

罗时达老人说：

> "米格 - 17 埃弗"是当时世界上比较先进

空战武器

的喷气式歼击机之一，这架飞机全部零件一万多种，25 万多件，能否在短时间内制造出这样复杂的飞机，的确是一场严峻的考验。

1954 年，中央从军队和地方抽调大批地师和县团级干部充实了一一二厂各级领导班子。

7 月至 9 月，全国铁路系统和上海工交部门向一一二厂输送了大批技术工人，仅上海调来的技术工人就达 419 人。

至 1956 年，先后从上海共调来 870 名技术工人。

与此同时，国家还分配来 3000 多名大中专与技校毕业生。各种急需的材料、设备也从全国各地源源不断地运来了。

全国的有力支援，极大地鼓舞了一一二厂建设者们的斗志，全厂迅速掀起了建设未来歼击机制造基地的热潮。

当时，基建任务的特点是：建设规模巨大，进度紧张，安装任务繁重。

对此，沈阳飞机厂领导采取了边设计、边施工与边土建、边安装的平行作业方法，有效地把握住了建设进度。

大家以主人翁的姿态，不怕吃苦，克服了种种困难，发挥了高度的积极性和创造性。

当时担任沈阳飞机厂副厂长的刘南生坚持工作在第

一线。

刘南生后来回忆说：

在吊装厂房高跨钢屋架时，建设者们打破了冬季限制施工的常规，冒着严寒进行高空作业，只用32个工作日就完成了1617吨预制品的吊装任务。

到1956年年底，新建和改建项目全部完成，建立了37个车间和60多个科室，具备了由修理走向制造的物质条件。

刘南生充满激情地回忆说：

经过工厂干部职工的艰苦创业，全部基本建设任务比计划规定提前完成。我国第一个歼击机制造厂终于在一片荒原上矗立起来了！

为了提高干部和职工的技术，沈阳飞机厂举办了模线样板和标准件工作法学习班，由苏联专家授课。

不到半年，工人们就学会了制造样板的技术，成功地制造出水平尾翼、前后机身等模线样板800多块。

与此同时，苏联给予一一二厂大量的物资援助，为沈阳飞机厂快速试制新机提供了重要的物质保证。

当时，一一二厂的工程技术人员及工人来自祖国的四面八方，对于搞歼击机制造，可以说是在做前人从未做过的工作。

面对困难，沈阳飞机厂的干部和职工毫不畏缩，他们发扬艰苦奋斗的精神，为新中国的飞机事业努力拼搏。

厂长牛荫冠说："中央调我来的目的，就是要抓紧出飞机，为祖国争光。前人没干过的事，我们干！"

刘南生后来回忆说：

工作中，我们深深体会到：工厂制造新式飞机的关键在于技术力量，制造飞机进度的快慢取决于技术能力提高的快慢。

为了尽快掌握新机制造技术，工厂发出号召，要求全体干部职工立即投入到当时全国兴起的向科学技术进军的热潮中去，努力学习科技知识。

当时，从党委副书记、副厂长到一般干部都参加学习，工厂内形成了一股刻苦学习技术和文化知识的好风气。

通过大力组织学习和平行交叉作业的实际锻炼，工厂技术熟练工人人数在短时间内迅速上升到基本生产工人的80%，也培养出相当数量的技术人员。

就这样，一一二厂广大干部职工努力突破难关，下定决心要把"歼-5"飞机送上蓝天。

不久，一一二厂开始平行交叉作业的快速试制。

试制铺开后，生产并不是一帆风顺的，许多意料不到的困难和问题接踵出现。

在开始进行标准样件对合时，沈阳飞机厂的工作人员发现苏联来的机翼标准样件结合交点变形，致使全机样件无法对合，成为阻碍试制的一大难关。

型架车间工段主任陈阿玉大胆提出了校正变形的建议。在得到苏联专家的同意后，他冒着整个交点可能报废的危险，凭高超的技术和高度的责任心，自己动手校正，终于攻克了这一难关，使全机样件对合按期完成。

在研制新中国第一架喷气式歼击机的过程中，中央领导对于研制进程给予了高度的关注。

1955 年 12 月 5 日，刘少奇和邓小平来一一二厂视察，他们都对新中国第一架喷气式歼击机的生产十分重视。

这天清晨，空军部队优秀的飞行员吴克明正式接到要向中央领导同志作飞行表演的通知。

吴克明有些激动，同时又感到责任重大，因为这毕竟是自己第一次为中央领导同志作飞行表演。当他在试飞站刘中宽主任的陪同下来到飞机前时，地勤人员已经做好了起飞前的各种准备。机械师向他报告说："飞机准备良好，可以随时起飞。"

吴克明同机组人员一一握手表示感谢，当他最后握到机械师的手时，发现机械师的手有些颤抖。

吴克明深知机组人员所承受的巨大压力，便用力握

空战武器

113

了一下机械师的手,十分镇定地说:"一切都好,不用担心。"

然后,吴克明从容地跨进了机舱,按预定飞行计划进行一场特别的飞行表演。

随着塔台指挥员的一声令下,吴克明立即松开刹车,加足油门,飞机像雄鹰一样飞上蓝天。

吴克明精湛的飞行表演,博得了中央领导和飞行现场人员的阵阵掌声。

飞行表演结束后,吴克明快速走下飞机,跑步前去向观礼台的中央领导同志报告飞行情况。

这时候,吴克明才知道,原来观看他飞行表演的中央领导竟是刘少奇和邓小平。

吴克明激动地报告:"报告首长,新型飞机试飞情况良好,各项性能指标都达到设计要求。请指示。"

刘少奇和邓小平一起迎过来,他们面带微笑,向吴克明握手祝贺。

刘少奇用鼓励的口吻说:"飞得很好,很精彩!"

吴克明激动得不知如何回答。

接着,刘少奇又问:"这种飞机好飞吗?"

吴克明连忙答道:"这种飞机很好操纵,性能比过去抗美援朝时使用的飞机要好。"

刘少奇高兴地说:

当我们有了自己优秀的战斗机,反侵略战

争的胜利就更有把握了。

邓小平也意味深长地说：

> 为了建设强大的人民空军，我们就要有自己的航空工业，而且是现代化的航空工业。

中央领导的亲切关怀，给一一二厂职工以极大的鼓舞。

经过全厂广大干部职工的日夜奋战，难关一个个被突破，试制工作取得很大的进展。

1956年7月13日，新中国自己生产的第一架"歼-5"飞机，终于完成总装任务。

1956年7月19日，是个难忘的日子，沈阳古城碧空如洗。牵引车拖着新机在晨曦中来到沈阳于洪机场，300多人观看了首飞。

当时，试飞员仍然是吴克明。

试飞前，吴克明被任命为空军第一试飞大队第一任大队长。

试飞的前一夜，吴克明久久不能入睡。他从开始学习飞行的那天起，就期盼着什么时候能飞上我们国家自己生产的飞机，没想到这一天终于盼来了。更让吴克明兴奋不已的是，这第一架国产喷气式飞机将由他自己来首飞，他既感到荣幸，更感到责任重大。

空战武器

尽管这是一次充满风险的首飞，但吴克明暗暗下定决心，无论明天遇到多大的风险，也一定要竭尽全力保证首飞成功。

这天晚上，吴天明仔细地把第二天首飞的所有动作都在脑海里过了一遍，又把座舱图默背了一遍，直至确信自己飞行前的各项准备确实已经"天衣无缝"，这才放心地睡了。

终于，试飞开始了。

一进座舱，吴克明就有一种心旷神怡的感觉。吴克明看到所有的标示都是中文，而不再是以前的俄文，这种标示让他感到十分亲切。他暗暗感叹道："这才是我们的飞机！"

点火、加油、离地，吴克明轻松地驾着我国第一架国产歼击机升空了。

吴克明后来回忆说：

第一次升空时，虽然只做了简单的大盘旋，但我感觉这飞机比"老大哥"的操纵起来更灵活一些。

飞行成功了，神州大地上一片沸腾。

飞机安全着陆后，人们高兴得蹦了起来。中国自己制造的第一架喷气式战斗机试制成功了！

刘南生后来回忆说：

1956 年 7 月 19 日，是我们难以忘怀的日子。我国第一架喷气式"歼 - 5"飞机到达沈阳于洪机场，成功地飞上了祖国的万里蓝天。

1956 年 9 月 8 日，国家验收委员会在厂举行了验收签字仪式，并命名该机为"五六式机"。这架飞机后来按系列命名为"歼 - 5"。

国家验收委员会主任王秉璋宣布验收结论：

——二厂已经试制成功"五六式机"，并可以进行成批生产，交付空军及海军航空部队使用。

9 月 9 日，《人民日报》以"我国试制成功新型喷气式战斗机"为题，在头版作了报道。报道说：

今天下午 4 时，在某地举行了喷气式飞机制造成功的国家验收签字仪式。

这种飞机提前 17 个月完成了试制任务……

9 月 10 日，中共中央、国务院发来贺电，祝贺"歼 - 5"飞机试制成功。

当天，中央军委副主席聂荣臻在司法部部长史良、二机部部长赵尔陆陪同下亲赴沈阳，参加了国产第一架喷气式歼击机试制成功庆祝大会，并为新机剪彩，聂荣臻还兴致勃勃地观看了飞行表演。

主任试飞员吴克明声音洪亮地向聂荣臻报告："国产歼击机性能一切良好，请元帅指示！"

聂荣臻连声说："很好，很好！"

1956 年国庆节，我国制造的 4 架"歼－5"飞机，列队飞越天安门广场上空，接受了党和国家领导人的检阅。

毛泽东在天安门城楼上高兴地对外国朋友说："我们自己的飞机飞过去了。"

后来，毛泽东在著名的《论十大关系》和《关于正确处理人民内部矛盾的问题》中十分自豪地写道：

自从盘古开天辟地以来，我们不晓得造飞机、造汽车，现在开始能造了。

旧中国几乎没有机器制造业，更没有汽车制造业和飞机制造业，而这些现在都建起来了。

我国第一架喷气式歼击机，即"歼－5"试制成功，结束了中国不能制造喷气式歼击机的历史。

"歼－5"飞机试制成功以后，迅速投入稳定的成批生产。

1956 年至 1959 年，中国共生产数百架"歼－5"飞机，装备了人民空军和海军航空兵，为捍卫祖国的领空、领海筑起了一道坚固的蓝天长城。

参考资料

《国史全鉴》 本书编委会编 团结出版社

《共和国要事珍闻》 郑毅 李冬梅 李梦主编 吉林文
史出版社

《共和国五十年珍贵档案》 中央档案馆编 中国档案
出版社

《中国现代史资料选辑》 彭明主编 中国人民大学出
版社

《奇鲸神龙》 彭子强著 中共中央党校出版社

《洞天风雷》 陈怀国著 中共中央党校出版社

《中国常规兵器试验纪实》 马成翼著 中共中央党校
出版社

《浩海蓝鲸》 陆其明著 解放军文艺出版社

《中国装甲兵传奇》 杨震 左东 孙晓著 黄河出版社

《中国空军传奇》 杨震 左东著 黄河出版社

《中国炮兵传奇》 孙晓 左东著 黄河出版社

《共和国的记忆》 李庄主编 人民出版社

《太空追踪》 李培才著 中共中央党校出版社